歉木林

曾稔育 著

推薦序

忒修斯的樹林

言叔夏（作家）

因為這本集子的出版，我忽然數算起認識稔育的時間，竟已有七、八年左右了。如果沒記錯的話，那是遠在二〇一六年的秋天，我到東海任教的第一個學期，有個社會系的同學總會混在中文系的創作課上。偶爾發言，一針見血，不過那血大概是某種蚊子血？畢竟在課堂的討論上，有時發言者的思辨與某種勝負欲只是微妙的一線之隔。但他嗡嗡嗡叮人一下，很快滑移開來，將自己退隱得很後面（這大概是作為蚊子的禮貌？）。後來熟了一點，知道他在某移民工的社福單位當志工。我還以為會聽到某種想像中的移工故事，沒想到他講話很黑，都在開這工作本身的玩笑。一如他某段時期常說起對社會系某些憤青的不滿，常有辦法講得又好笑又荒唐（恕我無法在此透露具體內容）。回想起來，那種批評裡不啻也帶著某種蚊子血的特質罷。據說打死一隻蚊子時，如果會見血的話，那血多半是蚊子從自己身上剛剛吸飽的血。於是那樣的發言位置，或許就帶著某種將自己**包括在外**的反噬性了——在結構裡，要做一個反結構的人，有時前提竟是那蚊子先必須吸自己一口血。

我不很清楚他的這種自反性的黑色幽默究竟來自何處。但知道他的每句黑話裡，其實都有一些虛無認真的「什麼」——儘管「虛無」與「認真」，聽起來像是一組對立的詞語。印象中他甚少提起自己的背景與家庭，只知他是花蓮人，而且來自玉里。因我跟玉里有某些淵源——遙遠的大學時代，為了探望長期居住在玉里醫院精神病院區的伯父，曾在這個東部的小站下車，一個人投宿在站前老舊的旅社。清晨搭火車時，和月臺上穿有「花中」字樣制服的高中生們打了照面。那種穿越長長鄉界與鄉界的邊陲，每日通勤去北方小城上課的日子，會是他曾有的生活嗎？此地據說曾是臺灣某個年代精神病患收容的最後底線。五〇年代的白色恐怖時期，它甚至以精神疾病為名，收治了大量無法被臺灣戒嚴社會受容的政治犯。某種意義上，《歉木林》的樹林是從這個充滿邊陲感的東部小鎮上生長起來的：原漢雜處的縱谷城鎮。平原與山地的曖昧接銜。正常與非正常的灰色不明地帶……這些不斷分岔歧出的支流，如同沖積扇，長出了他自己家族紛亂的根系：深陷家庭經濟泥沼的母親迷上宗教，將自己與弟弟反覆送入佛學營。還有那臺灣的偏鄉家族故事裡，常有的一位敗家的舅舅角色。反覆欠債，反覆讓家族陷入還債的重擔……，這些種種一切，彷彿陰影與陰影彼此的交疊與映射，沾黏上深深淺淺的鼠灰色。用他自己的話來說，那是一種「生來的鬱卒」。如同東部小鎮的黃昏永遠不可能見到掉進山另一邊的夕陽——那永遠沒看過的夕陽成為一種先於認識論的，**命運的憂鬱**。因而當他忿忿寫起那些流轉於社運現場、玉里部落、學院甚或移工服務辦公室，乃至童年時母親帶他去過的佛壇現場，都倏忽有了一種荒謬與抒情並置的斑駁情感。

如同書前所言，作為一部「向母親道歉」的作品，《歉木林》裡的第一棵樹，或許是母親，但或許也不是。雖然這部散文集裡，確實處處可見母親的身影。她既是現實裡的書寫對象，關乎書寫與記憶裡的具體指涉，同時也是鑲嵌在各種隱喻結構最核心之處的，一個迫使書寫主體心存虧欠、因抱歉而驅動造林欲望的位置。那個「位置」其實是一種匱缺。是一個不知從什麼開始，即已被連根刨空的空蕩根穴。那遙遠的「第一棵樹」可能打從一開始就不在了：當「歉」字的寫法被拆解為不斷造林，林地的邊界愈是擴延，造林者究竟是離那片林子的第一棵樹愈趨靠近，抑或愈為遙遠？

這個行動本身就指涉一種看似相悖、卻充滿離返張力的迴路，讓他以造林者之姿，將原本所欲拋棄的故鄉邊界，一路翻山種到城市來。這些林木，從他的私人身世裡長出，如同植被，漫漶覆蓋上一些類似的地表陰暗處：階級、移工、部落原住民……乃至一代青年的無有出路，無論再怎麼翻轉階級，身分可以拋卻，但記憶所留存的殘餘陰影，卻如同植物的孢種，在夜裡被隱密拋擲、生長，也因此得以在地底以根相互聯繫。

在當代這樣各種邊緣彼此結盟、身分政治甚囂其上的時代，與其說此書調度了各種社會底層的身分議題，那似乎更像是他敏銳地反身發現了自身，是諸種結構投影的匯積。一個玉里來的人在自己的身世裡重新發現「玉里」，這究竟是一個文學的命題？還是一個社會學的起點？見樹又見林。作為個體的命運，究竟是先有樹還是先有林？是結構孵化了個體？抑或是個體繁衍出整片密不透風的結構？而當林木繁衍成林，一棵樹被藏匿於一片樹林裡，我們又該如何從繁複的林木裡指認出它來？如同此書的前言所述：「我們沒有不好，但也沒有特別好。」生而為人，我很抱歉。此話最可怖之處，在於你從來不知道你抱歉的對象是誰？是神？國家機器？大寫的父親？抽象或具體的權威。環形監獄虎視眈眈。但慶幸他總有在所處之地造林掠地、不斷從林中分岔出歧路，最終以裂縫長出新的樹狀流域的能力。

其實去年夏天我因意外骨折，在家休養很長一段時間。某日大樓管理室通知：有人送你盆栽，祝你早日康復。下樓一看，所謂的「盆栽」，竟是一盆各種多肉布置。原來是包括稔育在內的幾個學生合送的。我想我是骨折，卻好像開店被恭喜，覺得相當好笑。過一陣子，骨頭癒合了，那盆多子多孫的多肉卻莫名從肥厚的莖肉開始腐爛。盆栽裡種植林地，多水必溺，大概也是一種陸上行舟？有些植物適合維持乾燥的距離。他告訴我，也許可以先把植株連同根系挖出，曝曬幾天，再放回土裡重新養活。我當然沒有這種才華。前陣子見面，問起盆栽的事，我相當不好意思地告訴他裡面的多肉已經分批死過一輪了，但每次一有死去的多肉空出空位，我就會補上新的多肉，所以現在整盆還是欣欣向榮，只是跟原本完全不是同一盆。他說：「那不就是忒修斯之船？忒修斯的盆栽！」

失去第一棵樹後，有時我們會為了找回他，而開始種樹的工作；那麼，當整座樹林裡所有的樹，都重新失去過了一輪以後，從現在起的任何一棵樹，或許都將可以是全新的、重新計量與排序的「第一棵樹」。這複數的「最初」，或許也就是人之所以造林的意義。

祝福穩育，終有某日，可以將「歉」連綴成林木。

推薦序

有兔哀愁，有狸哀愁——為曾稔育散文集《歉木林》序

宇文正（作家）

幾年前在東海文學獎的評審會上，我支持的一篇作品，標題是〈養兔〉，開玩笑對學生說：「我太愛動物了，通常寫動物的，都會加分。」後來這篇散文得了獎。會後作者來跟我打招呼，是位男同學，說老師我就是那個寫動物的啦。今夏參與後山文學獎的「年度新人獎」（二〇二四）評審，讀到了這部《歉木林》，發現不僅〈養兔〉，還有篇〈狸的送別〉，我也在其他文學獎評審中支持了一票，原來真的寫動物的我就支持啊。

以上當然是純屬巧合，其實〈養兔〉、〈狸的送別〉都是哀愁的作品，絕不是歡樂的寵物經，整部《歉木林》的基調就是哀愁，有兔哀愁，有狸哀愁。書名「歉木林」，或許受日本文學裡「生而在世（為人），我很抱歉」恥辱感，或是悲傷美感的影響，作

者種下一棵棵歉意之樹，蔚然成林。

書分三輯。輯一「植被旅行」寫故鄉玉里陰暗的童年往事和充滿殘缺的家族故事。一個整天闖禍、曾入獄的舅舅，可說是家族的問題之源。阿嬤沒有底線的母愛對比阿公的沉默，那沉默裡有著複雜的愛，挫敗，和傷痛。「那些無謂的爭執，多讓我想起被關進籠裡的狸，牠面向困住自己的牢，常是露出尖銳獠牙，死命地啃咬鐵條。直至表面塗層掉落，從內裡露出的鐵鏽像是道無解的傷。」「他那不愛說話的身體，早就被查封在時間的封條中。」「背負在他身上的父親形象，本身就是過於狹小的籠。」——〈狸的送別〉以關在籠裡的狸，隱喻阿公不甘卻無處申冤的悲涼，刻畫出複雜立體的「父親」形象。

更令人掛懷的是對母親的描寫。無法放下自己的手足，她困在那重複的傷害裡，甚而向神祕宗教試探，依賴、復逃脫。「明明世界充滿光，但家裡的女性，無一都走在漫長的隧道裡。拚命勞動所賺來的成果，卻被家中男人不斷奪走。」（〈遺疤〉）。除了金錢壓力，還有言語暴力。多年後，作者向母親求證當年的傷害，母親卻全然否認，「一切都被她輕易地取消。」（〈歉的寫法是不斷造林〉）

他的記憶與母親的敘事岔開來，無以分辨是因為母親的寬容？遺忘？還是作者記憶的錯置？書寫的傷害，因此蒙上了霧。我讀到這〈歉的寫法是不斷造林〉感到動容，我想純屬意外，他的母親，這一位可能完全不懂「散文」是什麼的女性，卻親身示範了「記憶」是什麼，記憶本質的混沌，模糊，容易被意志扭曲，轉向。

輯二「顱骨上的荒原」書寫這一代文科青年的處境。作者在序中自道：「書上稱我們這輩的青年為崩世代。少子化，貧富差距拉大，大量失業人口產生。我們常是困在不穩定的職業裡，邊打著零工邊相信夢想」。

這一輯的文字，卻格外凝練。他以文字編織冠冕，遺留在顱骨上的，卻是荊棘桂冠。處處困窘的日子，「生活是一頭看不見的空氣巨象，能繼續生活的年輕朋友，都是劫後的花草，兀自地綻放餘生的頹廢。」（〈空氣巨象〉）

「不再做夢的日子，受傷的象，飢餓的象，在瓶裡的象，都讓病痛敞開無數個洞。我把虛無的日子種在裡頭。充滿血絲的眼，讓人啞掉的毒菇，還有渴望吞噬一切的嘴，全都盛開在象身。」（〈瓶中象〉）

寂寞而挫敗中，生活也有細微的發現：「稍微搖晃在超商買的罐裝啤酒，再找個安靜的角落，輕輕撫摸瓶口的拉環……等鐵鋁罐吐出酒水，伴隨來的坦誠混著浪花泡沫，總讓人在擁擠的城市裡，還能聽見即逝的潮聲。」（〈潮間過客〉）

在孤獨的時刻「開起罐裝的海」，無力感如潮水般向讀者襲來。他的文字濃稠卻不艱澀造作，潮水退去，留下貝殼，留下閃耀的玻璃碎片，那是詩。

第三輯「歉鳥祭」，寫的是職場。文科生的職場，在這時代充滿悲哀。他有時覺得自己是隻削瘦的羊，有時如廢掉的繭，被厭棄的蟲，有時是橫躺在地面的魚，總用過勞的身軀，窒息地搶著單薄的水灘。但有時又覺得自己是幸運的，還能把玫瑰揉進麵包，再切成小塊，細細品嚐。有時還能在與移工混雜的宿舍裡，專心料理食物，做一場小小的文化交流、比拚。

為了生存，為了好好生活，於是他將夢覆寫在電子稿面。把心上的地殼變動，火山，岩漿，地鳴，都在指尖碰著鍵盤的瞬間，噴發，燃燒，奔騰。而遊走在這一座歉木林中啊，我感到哀傷又喜悅。逼視生命裡的傷害，苦痛，守護搖晃如燭火的夢想，酸澀中，也有難以言喻的甘美。

推薦序

以生命為題材，創作出動容的文學作品

徐敘國（國立臺東生活美學館館長）

花蓮與臺東，這片被山海擁抱的土地，不僅是自然景觀的寶庫，更是一方滋養創作的沃土。從原住民的傳統故事，到漁村的歲月流轉，再到隱匿在山林間的無聲詩篇，這裡的每一個角落，都蘊藏著無窮的故事與情感，這片土地不僅見證了無數人的生命軌跡，也激發了一代又一代文學創作者的靈感與筆觸。本屆投稿的稿件中，主題明確、內容多樣，且具豐富的創意，兼具文字駕馭技巧之作，可看出參賽者們的潛力與深度，在參賽作品中難以分出軒輊，從中脫穎而出實屬不易。

曾稔育《歉木林》散文創作集，作品中表現出對臺灣當今的經濟發展，例如城鄉差距導致許多年輕人離開故鄉、漂泊各地，找不到種子深耕的地方。評審們一致認為作品完整度高，內容感動人心、在閱讀時能從中感覺到作者情感的張力，書寫二〇〇〇年後青年世代共同面對的問題，具有時代性。

本館由衷感謝「二〇二三年後山文學年度新人獎」五位專業評審委員：向陽、宇文正、阿潑、洪瓊君及楊翠，以兼具感性和理性的專業眼光，審慎遴選出今年的得獎作品，共同提攜花東在地書寫人才，創造屬於東部獨特的文學特色，在此向無私付出的評審們致上無限的謝意與敬意。

期許每一位潛在的文學新人們繼續書寫更多屬於這片土地的故事，持續以生命經驗為基底，透過文字書寫，覺察自身和周遭，並嘗試不同寫作語言或表現型式，開拓後山文學更寬廣的道路，也讓臺灣其他地方的讀者能藉由閱讀，領略東部的美麗面貌。

各界好評推薦

《歉木林》是一片由「恥感」蔓生人間的憂思莽原。一句句來自不同人口中的日常對話，都在話語碰撞的邊界，看到階級劃分出的兩個世界；配得，不配得，社會有它行運的法則，而神，總是冷冽低眉。「我」彷彿看見遺落網外的他者卻時時回返自身；生存與理想恍如光譜，兩頭不到岸，卻仍執著以心落地，擦出「此時，我在」的生命光火。

——李筱涵（作家）

閱讀散文總是危險的，因為不會知道舉足踏進的林地，是否即他人赤裸的心。栽種在《歉木林》的這些誠懇的字，雖也含括了一幅浮沉於學院和職場卻未獲合理對待的「哀仔」世代畫像，但獨屬於曾稔育的，最多仍是來自血緣／地緣的拉扯，他常常是那一個能看出命運破綻的人，卻因置身話語權低階，沒能扭轉敘述，於是更多憂傷與歉意湧出，有時顏色蒼白，浸潤著肉身疤痕；有時鮮豔如血，像一道在黑暗中默默敞開的傷口。

——孫梓評（作家）

《歉木林》的開篇，自一場地震開始。土地與建物的裂痕不唯是大地聲喉之喟嘆，也是心與神的震動、城鄉記憶的召歸、歉疚和生之掙扎。是眼睛，在稔育詩性的文字裡，引領著我們看見權力、階級，看見受惡之人與施惡之人的苦與糾結，其身世、其唏噓。如卷軸，在種種「棄與被棄／困與被困」的故事中，逐篇帶我們展開了理解與關懷，這也是這本散文集至為動人的部分。

——崎雲（作家）

稔育是兔系男子，真切咀嚼生活中難以消化的初割草，不急於瀟灑或裸裎，在一派充滿植被的文字中，寂靜凝視，卻也不時蹦出幽默風趣。當你沉浸於柔軟鬆毛之間，卻又被藏匿的細刺畫破指尖——那是他在山與迷霧的迴圈中敞亮的雙眼，他的目光投向生命與活著的本質，看清了遊戲規則，與人類世界中苔蘚般的惡意，卻不置身事外，反而將這些像是梗的探問，一根一根插回自己身上。

——許閔淳（作家）

近乎倒刺的書寫，《歉木林》裡是生活的裂隙，燙手的心。

——翟翱（文字工作者）

這本散文不只非常具體地寫出新世代文藝青年面臨的複雜情緒跟困窘的社會現實，更完美無疑地表露出作者的剔透與敏感：他對周身環境的變化，反應神速，也精準察覺問題所在。批判的鋒芒當下雷霆一閃，讀者以為要見血卻常倏然收刀，為某些人事物保留情感的餘裕，並伴隨漫長的自省。每次動念的瞬間，他都在反問自己：「我為何非要這樣不可？」這樣的換位思考層層疊疊，意外鋪造起諸多水氣森森的林中小徑，包圍著其中漫步的讀者。

——趙鴻祐（作家）

《歉木林》生長在只一人能抵達的記憶緯度，曾稔育以各種缺憾、失格、抱歉為樹苗……十年不斷的覆寫與回望，終於成為了這本書的林相。這也是每個寫作者最初與最終都得驗收與寫回的練習曲，離鄉與離得更遠、提問與新的問題、意象與記憶，在此處交迭放送。這本書裡有那麼多的「地方」，卻原來都是棄屋荒地，寫者終是離者，回不去的地方，只能在字裡復返。

——蔣亞妮（作家）

目次

輯二

輯三

前言

離鄉十年，從學生走到社會新鮮人。好不容易找到工作，卻是前景未明的職務。在前往公司的路上，我常想著這樣的生活還要持續多久？放假時的少數樂趣，是與朋友，互相交換自己如何適應社會。每一次聚會，都是一次清瘡。清除勞動積出的膿，瘡疤成為更空虛的嘴。我始終不知道，它是否能在下一次開工，吞下更多難言的傷。

我們沒有不好，但也沒有特別好，書上稱我們這輩的青年為崩世代。少子化，貧富差距拉大，大量失業人口產生。把自己投入職場的火爐，在奮力燃燒之後，僅徒留重的倦怠。不清楚一切所做的目的，朋友接二連三地離職，自己也換了幾份工作。沒能走向光亮的街上，徘徊於灰濛的路口，我們常是困在不穩定的職業裡，邊打著零工邊相信夢想。

母親不清楚我在追求的是什麼。每隔一陣子，她便詢問我工作得如何？那些頻繁關心，已成為我背負的重擔。殘忍如我，也曾拒接她好多通電話，最後只在Line上，收到她傳來的難過訊息。

我好像漸漸走向，所謂的人生失敗組，既沒有好看的長相與身材，也沒好的工作與收入。達不到社會期待的我，在每個睡不著的深夜，只能傍著靠窗的電腦桌，打字與做夢。關起室內的太陽，桌上檯燈自顧地低語。窗外偶爾會透出淡藍色的夜光，房間頓時升起一片海。我彷彿回到高中常待的七星潭，沉默的浪潮質問我，如今的自己對得起那時的自己嗎？我想把這些受挫都寫成字，卻也不是一件輕易的事。當敘事無法抵達它所嚮往的遠方，而使游標閃爍地停頓在空白頁面，我感覺自己面對的是，一個龐大且難以形容的裂縫。

望著無語的縫隙，我想起故鄉的天空：那被環山圍繞的花東，時常在下午後便見不到太陽。面對如此環境，我常感到莫名憂鬱，卻又無法理解成因。直至離開玉里，我才明白那是「生來的鬱卒」。

凝視命運化身的神：出身單親，家裡所有的資源，常是用以解決舅舅不斷出包的人生。在經濟獨立前，我沒有任何說話的餘地，僅不斷聽著：愛是所有煩惱的解答。可是愛同時也是忍受，是痛苦，是讓人不斷下墜，卻不自知的嗎啡。我想從那種傷害中逃出，而研究卻指稱我們這樣的人，僅是因為城鄉經濟發展不均造成的人口外流。

人的離開是複雜的。順從顛沛的人潮，我卻在離鄉後，依然對未來沒有太多想法。一直以來，我總是避開談及家裡的貧窮，也記得曾在申請獎學金時，遇到承辦說道：「你看起來不像低收入戶。」

我至今仍不明白，那句話真實的含義，是指我不應該把自己穿得乾淨，還是不應該太有自信地去面對他人。貧窮使我需要不斷且重新地認識與重構自己。即便就讀人文學科，能梳理自己與世界之間的關係，或是接受身而為我的複雜，學習如何擁抱那些被世人貼上負面標籤的自己。但沒有直接關聯的產業技能，我也陷入另外的困頓與迷惘。

不想做著被人瞧不起的職業，也害怕自己的一生，從此被困在不適合自己的職場。這些困境使我在面對母親，總抱持更多難言，像是芽苗的歉意。

伴隨著迷惘與疏離，它們終將開成森林，一種獨屬於我，卻從未與我真正靠近的「歉木林」。

輯一——植被旅行

母親對生命充滿熱情。那種無私也像種子，於我身上種下無數善惡。在離鄉後，它們亦盛開成靜謐的植被。

伏流之夏

九一八地震後，難得回家的我才終於下定決心，買票請假搭上返鄉列車。在搖晃的車廂裡，我睡了又醒，醒了又睡。想逃離這漫長的折騰，我望著一旁的窗，但無光的街頭總是沉默，所剩的玻璃只反射出疲憊的臉。

期待有光，可愈趨近南下，外景卻愈被夜吞得荒涼。那種屬於鄉的靜謐，往往讓我感到情怯。繼續未完的逃亡，我專注地滑著手機，見其他老早回去的朋友，為倒塌的樓留下貼文哀悼。

用文字築起的碑，稱此地曾是綠洲，安撫過許多拚基測而還要到校晚自習的靈魂。但我卻只看見第一次買遊戲點數卡的自己，畏縮地走進店裡，在裡頭閒晃許久，才鼓起勇氣跟店員說：「可以給我一張一百五十元的 My card 嗎？」

年輕的女店員先是疑惑，而後大聲問了在後頭整貨的男店員，你有聽過什麼買咖嗎。沒有，那是什麼。隨即是一陣大笑。沒有反駁的餘地，我只得倉皇地逃離店裡。

走出店後，也沒有謝謝光臨。帶著挫敗繞了小鎮好幾圈，我始終不敢再踏進有年輕店員的店。直到傍晚，再也沒時間好逃，我才到小鎮邊緣，位在三十公尺路旁的另一間超商，像費盡七七四十九劫，終於買到想要已久的點卡。

但事情不是如此就得以圓滿。回家後，我還得把卡藏在口袋，再躲過我媽的視線，才能於寂靜的房間裡，緩慢地刮開銀漆。可後頭還有一串如天堂路崎嶇的亂碼，等待有緣、有耐心的人，破解這荒唐的遊戲。我通常沒辦法一次成功，總是嘗試好多遍後，才會看到儲值成功。

但螢幕上好不容易出現的零額，又只會換來另場夢碎。抽不到嚮往的寶物，只剩一片慘綠的 My card，或像是黃昏的橘子卡，在電腦桌前躺成嘲諷。

我順著當時流行的水葬，和其他害怕被責罵的朋友一樣，習慣把手上的點卡棄葬在水溝，任憑一日的奔波，順著鐵板下的暗流，漂蕩到不明之地。

現在想想，那段時間還真有年代感，指紋無法下單，ibon 尚未發明，點數卡和菸竟會放在同一區。

十來年前的我，也沒想過一場地震，竟會真的弄倒鎮上的樓。但也有少部分的朋友繞過別人的回憶，用理性的思維感嘆著：「雖然很遺憾，但幸好倒的是隨處可見的超商，而非其他重要文化遺跡。」同基隆大麥熄燈時，我也看見網民在新聞底下留言：

「不過倒了間連鎖店，跨國企業自己都不痛不癢，看不懂這些人在哀悼跟風什麼。」帶著都市來的思想下車，我腳下的裂縫反倒顯得有些不切實際。

明明小學教室、走廊的地板，也布著相同的裂痕。但在斷層上玩著鬼抓人的我們，卻對地震沒有太多防備。每天照三餐的晃動，就像放羊的演練，再多的警告都成了過重的擔憂。

但在那天地震發生時，早已習慣搖晃的我，心底卻忐忑地撥起電話。接通後，媽立刻分享螢幕鏡頭，原本在架上的商品全都癱倒在地板，成了一片難行的海。處於異地的我無法幫忙，只是對著鏡頭後的媽，說著人沒事就好。

「現在遇到一點搖晃，我都還是會嚇醒，然後很難再入睡。」回到家後，我媽才在客廳，假以平淡地跟我聊著災後的生活。

隔日，我在鎮上閒晃，邊用手機拍著路面，邊仔細地望著龜裂的柏油縫隙。裡頭什麼都沒有。鎮公所曾派人用水泥修補，但幾次餘震後，被撕裂的傷口還是沉默地躺在那兒。

把這些照片傳給南漂的朋友，她只回了不知道什麼時候鐵路才修好。

代人遊山玩水，重新認識災後的故鄉。可對自身虛偽的厭棄，卻像身下的影子，緊跟著我散步。在背對鄉的行走裡，它反覆地質問我，為什麼要假裝自己的心從未離開這兒呢？

索性把準備發的文刪了。

眼前寂靜的路，唯有裂痕成為地圖的指標。順著它走，我來到小時候常去的池邊。卻只有三格空蕩的窪地，無人使用的木凳，還有原用以暫放乾淨濕衣的老舊竹竿，冷冷地坐落在那兒。那裡一樣什麼都沒有。

問了估狗大神後，才知道兒時的祕密基地，早有自己的名字。洗衣亭。裡頭百年的地下湧泉，順著這次地震產生的裂縫，不知道流去了哪兒。

失蹤的水，恍若我遺失鎮上的一切。

走往遺忘的地底伏流。

也曾有個炎夏，我和弟弟為了逃離悶熱卻又拒絕開冷氣的家，習慣於吃完午餐後，便至池邊揮著漁網，試圖在沁涼的流水中，撈起短暫的救贖。

在水裡晃動的網，勾起沉澱水底的污泥，連帶弄濁整池清澈的水。一旁的阿婆無法在髒水裡洗淨一家子的衣，於是用不耐的語氣，把我們趕到邊緣，另個環繞野草的池畔。

繼續未完的遊戲，我把昆蟲飼養箱裝八分滿的水，用以囚禁捉來的魚蝦。帶著沉重的水箱回家，再把牠們倒進缸裡，和夜市撈來的魚混養在一起。隔著玻璃看另個星球逐漸成形，自己就像上帝，掌握眾生如何生存。

但牠們沒事時，大多靜得像一幅畫。年幼的弟弟無法忍受魚群不與人互動，便用手指快速地攪動水面。那掀起的漩渦觸動魚兒敏感的神經，使魚身焦躁地舞動著。像在水缸裡辦了場派對，生命也只有在積極地逃竄時，才看起來像生命。

等一切重回靜止時，弟弟早被罰站於牆邊。嘴裡說過的「因為好玩嘛」，也同跳樓的小魚橫躺在地面。我看著這生與死的瞬間晃動，也像看著一幅畫。直到媽媽再度喚聲，要我們快點換好鞋子，準備出門參加營隊，生活才被按下繼續鍵，一切才又走回軌道。

坐上我媽的機車，弟弟站在腳踏墊上，跟著鬧彆扭，嚷嚷自己也不想去。來到教會門口，我常常想不信神的我們，參加這類活動不是很奇怪嗎？

可是其他同輩的孩童，仍舊跟著畫圖、玩著重複的大地遊戲，像一群螞蟻樂得把寂靜的夏日，啃咬成零碎的笑聲。等一日殘破地像是秋天，各小隊才恍若從戰場離開的士兵，各自圍成不那麼圓的圈，相互分享自己從中學到些什麼。

我常不知道自己要說什麼。於是當大家累得無法說話時，我反倒感覺到救贖。但領隊的教會志工，不願時光蹉跎在彼此的沉默裡，仍用高八度的歡快語氣，說要帶我們「洞悉」生命的意義。

發給每人一張白紙。隊輔要我們寫下自己此刻最想要什麼，並分享給其他人聽。想要球打得更好；想要成績進步，依序說出的正向願望，頭頂彷彿也有無名的指頭，正攪動我們的想法。我不知道還能說什麼，但一旁的朋友，卻直接地說了，想要買限量的球鞋。

「你家拿～麼窮，還要買什麼限量球鞋啦。」忘了是誰說的話，惹得大部分的人笑出了聲。等一切又回復平靜，年長的隊輔才對朋友說：「沒關係，因為你還沒有信主，我會幫你禱告，讓神幫助你戰勝欲望。」

他那篤定的話，像突然靠近的板塊，推擠著我身而為人的原始地殼。在思想的錯動裡，原有的自尊不停地龜裂，脫落的碎石也只是寂靜地指著，要閹割自己欲望的窮人，才是好窮人。

在休息時間裡，我問那位朋友，還好嗎。他只回我，沒什麼啦，大家鬧著玩，開心就好。可那件事依然在我心底，激起不斷外擴的漣漪。在他們跟著聖歌，大聲吟唱與跳舞時，我就像那些被捉住的魚，總是想離神愈遠愈好。

那天晚上，我最後一次問媽，能不能不要再去營隊了。

但她沒有看著我的眼睛，仍是趕著客人要的裁縫包，敷衍地說著：「可是中心規定你每年都要排時間參加活動，不然就沒辦法申請補助了。」

那樣無奈的回應，混著窗外的蛙鳴，把夜浸得沉重，讓人難安詳入眠。

「出生在貧困的家庭，不是人能自己決定的。但當你們遇到無法解決困難的時候，教會隨時歡迎大家回來，讓神幫你們找到出路。」結業式時，我望著臺上的主持人，把臉笑成敞開的門扉，邀人一起為神奉獻。

領著結業發放的物資，箱裡有米、有零食、還有家庭用品。我媽看著滿載而歸的我與弟弟，開心地說著：「幸好你們有堅持參加完整個營隊。」

始終沒有多做回應，在蟬聲懶散地叫著，我早忘了自己花了多久時間，才吃光箱裡的食物。但神送來的薄荷洗髮精，卻怎樣也洗不掉腦裡的欲。

手上的蓮蓬不斷流出清水，帶走我附在頭顱上的污穢。可他們在我顱內定下的罪，卻沒跟著那年夏天排入水孔。

我媽在地震的當下，並不真的感到害怕。可是看見店裡徒留的狼籍，現實的恐懼才慢慢地從她眼裡竄流進心底。那樣對災禍的恐懼，或許是對日常秩序的不再信任。

無法承受搖晃的賭注，倒樓被怪手迅速清除後，工地四周已圍起阻隔的鐵皮。我在工地外繞了幾圈，才找到能窺視裡頭的縫隙。一片被清理乾淨的地，空曠得不像傷口。

位在板塊交界處的花東，還有不得不習慣的災，後來濃縮成自行車步道上，旅客踩踏的腳板。站在上頭，一道象徵性的龜裂圖示，從路面延伸出兩塊分裂的背板牆。瑰麗又不失當地特色的造景，背後不過是花東人把長年的創傷讓渡給旅客，好振興觀光經濟。

年輕時走在上頭，總有種恍惚感。我現在來到了菲律賓海板塊，再往前一步，卻到了歐亞大陸板塊。眼前的景色還有此刻的自己，都沒有任何改變。只有人造標誌，暗示我正在越界。

越過受害者的邊界，我曾於模擬大學面試時，針對社會不正義，訴說那年營隊裡，他們如何利用教會資源，一面用教義批判非教徒的生活，一面又假裝好人，試圖營造神能解決任何匱乏問題。

慈善的神也為憐憫設下條件，所有接受者彷彿都該把階級翻轉視作天命。只要稍微恍神而屈服欲望，馬上便被歸咎於不夠努力。膽顫地在不公平的遊戲參賽，就連此刻稍微說話，都還是被臺下的老師打斷：「你不能這樣說話，他們都是捐助你的善心人士，你沒有先感激他們，反倒先學會批評。」

「這是不對的。」話的最後一句，讓人分不清是主震還是餘震。只有恆長的裂口，於散場後還敞開在我沉默的身軀。

資源匱乏的社福單位，願意透過資助來傳教的教會，撞上不想信神但又缺錢的家庭。節制與忍耐是當年被撞開的裂痕，只是時間早已掩上棺蓋。如同當時的薄荷香，永遠地取代了那年夏天。

搭上離開的班車，滑著那幾天拍的照片。於一片枯涸之地裡，我忘了當時棄了點卡後，花了多久時間，呆望著鐵蓋底下的蜷曲伏流；也記不得身體還蓄滿水時，那年幼的靈魂是橫盪著怎樣的春光。

愚人巷

傍晚時分，我從補習班走出。其餘同學早已騎上單車，在路邊等人湊齊。還未從繁複的數理運算中解脫，我常在昏暗的天空中，感到莫名惆悵。

路燈接連醒來，那亮起的昏黃很快地吸引蚊群。我學著牠們，也加入隊伍。領頭的P怕大家無聊，常常開F的玩笑，笑她明明是女生，吃得卻比男生多很多。其餘人跟著附和，肥婆，母豬，一堆傷人的言語，插於她身。但她卻沒有逃跑，反倒跟著大笑，彷彿那些話都與她無關。

等最後一個同伴出來，P才終於向前，領著大家從大路，鑽入小巷。

生鏽的鐵皮，發霉的木梁，還有不明污滯蔓延整座家牆。那樣的老屋，不只一座，它們彼此纏繞，更生出許多狹窄而不像路的通道。P並未迷失在當中，他不知哪來的方向感，左彎，右轉，在一個花窗被砸破的屋前，大聲地喊了「媽媽桑」。

「媽媽桑……媽媽桑……」一群尚未換聲的稚嫩聲響，像臭雞蛋般砸在那陌生人的家。我跟在隊伍尾後，看著方才被欺負的F也怒喊著。心裡有些感慨，腦中浮現的是這些日子以來，處於班上核心的女生，時常藏起F的作業本，更常在教室裡，大聲地說些不堪入耳的壞話。

那種惡意像壞水，積在她身體裡，連嗓子都惡毒了起來。

隨後逃離，房內不斷地傳來吶喊。那不成人聲的吼叫，絲毫不成反擊。領頭的P早帶著大家，鑽入其他小路。

那是我們當時最喜歡的遊戲——找媽媽桑。

據P說，媽媽桑以前曾有過美好的家庭，但丈夫經商失敗，便逼她下海。用身體維繫家庭經濟，小孩卻看不起她，也在長大後，斷絕與她的關係。陷入瘋癲的她，最後被丟到遙遠而陌生的後山，居住在這破爛的小巷。

「所以媽媽桑後來只要看到小孩，就會朝他們扔擲石頭。」那最後說出的話，正當化孩群的野蠻遊戲。

每過週末，班上總有男生分享自主探險經驗。說丟出來的不只小石子，還有磚頭，甚至刀子。抱著好奇心，另一朋友邀了F和我，組成小隊探險。

三個人騎著車，進入小巷後，卻迷失在舊樓夾層中。或許是因為人少，以前沒看過的野狗，紛紛在我們經過時，追出來，對著我們狂吠。F受不了壓力，在幾番追逐後，便說想停止冒險。

代價是點數卡，朋友和我各拿著一百五十元的點卡。到網咖，一群人在線上，抽著虛擬禮盒。一包二十九元，約莫五抽，不到幾分鐘，我們也對沒有新裝備的遊戲，感到厭煩，而又原地解散。

童年的任何遊戲都像浮雲。

一轉眼，大多男生都改宗籃球，好證明初成的男子氣概。P團聲勢即逝，留下的幾乎都是不擅長或厭惡運動的男孩。再跑了一、兩趟的冒險，那當初的囂張終也不敵時間。

搖搖欲墜的，始終是P好不容易建立的地位。

我和朋友不去找媽媽桑後，常是到當時鎮上新建的璞石閣公園。

原本只是單純地騎車，但卻在經常來訪後，發現有另一患有精神疾病的流浪漢，居住在園內的空房中。我們把這件事跟P說，他很快地，又重新召集了過去的玩伴。

還在假日早晨，園區房裡，不見流浪漢，只放著一臺積滿各式回收品的推車；地上鋪著一床紙箱，上頭蜷著黑灰髒污的毛毯。明明是他人悲劇，但當下的眾人，卻接連發出歡呼。

P從人群中，巧妙退去。於眾人還在揣測那人如何生存時，再次現身的P，手持著泥土、石頭與蟲屍，扔在他簡陋的床上時，像是骯髒的煙火，又惹得另一陣高潮的呼喊。

其他同伴模仿著P，拔著草、葉子，甚有活著的毛蟲。

造一座野蠻的樂園，孩童的眼裡沒有所謂的神。

P稱呼那男人為怪叔叔。

我們下課後的遊戲，也改到公園尋找怪叔叔。不像媽媽桑，至少還有家，還有一層象徵性的保護。正在休息的他，無門無牆，那兒又鮮少有路人經過。面對眾多孩童，不斷朝著他扔擲沙土，他僅能縮起身體，假裝什麼事都沒發生。

或許是為了增加遊戲性，P後來從草地捉來活的癩蛤蟆。那肥厚又充滿疙瘩的皮膚，活像個恐懼炸彈。擲出後，不到幾秒。原本沉寂的那頭，忽然傳來大聲地咆哮。

又是一陣高潮，我們逃跑。見他沒有追出來，是在遠方大笑。但快樂總是短暫。一位中年男人不知何時站在一旁。還來不及反應，他便突然對我們大吼：「你們是哪個國小，哪一班的，我從剛剛就注意你們很久了。為什麼要欺負弱勢的流浪漢。」

我們隨便回應。一行人仍被迫聽他說教，罰站。成為蚊蟲的自助餐，前方重複著四維八德，三民主義，結尾更說要去學校，告發我們的惡行。沒戲唱的我們，臉上死灰一片。準備牽車，又有一位婦人走過來，嘴裡說著：「那個老男人個性真的很糟，就是愛亂發脾氣，他太太才會跟他離婚，你們就不要跟他計較。」

站在權力的金字塔，我們的罪輕易地被赦免。

到了隔天早晨，班上什麼事也沒發生。一行人在班上角落，討論著之後是否還要去看怪叔叔。F湊了過來，可是馬上就被P給趕走。我問朋友，為什麼突然不讓F加入了。

「因為他爸不讓她買點數卡了。」

那話說得自然，但卻不斷環繞我腦中。直到放學，P帶著我們假裝沒事地經過那地。空掉的房屋，只有零散沙土，還髒成一種愧疚。其餘人說，還是去打球比較實在。

我餘光卻瞄到P那不甘心的表情。

我偶爾還是會在鎮上，看見怪叔叔。他常是騎著充滿鏽斑的腳踏車，後面載著同樣老舊的神像。頭冠的紅球稀疏，面孔的彩漆也有所剝離，神的衣物與鬍鬚，更染著一種黏膩的髒污。

有次，我到市場買飲料，恰巧遇到他被幾個中年流氓攔下來。他們質問他，哪裡來的神明，也憑什麼這樣到處帶神出走。

他像個罪犯，倒也沒反抗，直接跪在地上。說是在路邊撿到的，看沒有人要才想跟祂作伴。

「啊哩系有錢去買香供養祂？」

「我有餵祂吃麵。」

「幹咧，哩系咧玩辦家家酒膩？」

他們訕笑著，隨後也搶走他後座供養的神。

菜販與肉販，自顧自地叫賣商品。偶爾也有歐巴桑瞧了那裡一眼，但始終沒人阻止這一切。

這鎮上，存在太多精神病患。我住家附近，也還有位撿回收的女流浪漢。我們稱呼她為啞巴媽媽。家中每次有人哭鬧，便被警告再不停止，就要被送還給啞巴媽媽。

生活遊蕩著若隱若現的瘋狂，但尚未離開家鄉的我，完全沒意識到那是鎮的特色。僅是在離了鄉，才於文獻裡，看見國民政府在六〇年代，為了安置因戰爭與離鄉導致精神疾病產生的病患，最終於後山玉里建立了全臺最大的精神病院。

它收容許多家庭難以照顧的病院。也有一些經濟弱勢的家庭，帶著那生病的家人，將之放置於陌生的後山，展開一輩子的放逐。

也曾耳聞過，被丟棄的女病患與在地窮困的榮民結婚。生下沒法照顧好的小孩。住在鎮上的邊陲，蓋起鐵皮，那對歸屬的渴求卻被當成違建，不知何時會被拆除。

人總是希望一切都是乾淨，是可被愛的。

如升上國中的暑假，F瘦身有成，剪了當時流行的水母頭。

每次見到她，總能在眼裡感受到新生的光。她極力向上，想要被更多人喜歡。那對愛的欲望蓬勃，過曝著完全不像她的身影。也曾在體育課，看見她於球場，領著幾個女孩，對著有過動症的同學大聲怒吼。罵他不尊重人，白目，最後是一聯串的髒話。

那是種哀傷的活法，F用盡尖酸，僅在證明一種生存的正確。

朋友和我瞧了許久，也不過在場邊討論著，人到了一個新環境，真的會有改變。我曾和她在走廊遇到多次，打了招呼，但她未從未回應。

那是屬於她的改版，以前的一切全被割除，朋友斥責她變得勢利苛刻，換過一個接著一個男友時，更是淫蕩。我笑著，就像是冷漠的承認。童稚而友愛的青春，在那鎮上才是唯一的童話。所有受過的傷，只要一有機會，就會孵出新的野獸。

不懂得同理，避免別人也承受相同的痛。也有獸好好地長出備受景仰的人皮。曾在一次夜輔，有位家裡住比較遠的女同學舉手，提醒老師下課時間已到，若太晚回家，夜路會有點可怕。

老師站在臺上，沒說話，走下臺時，瞬間把她放在桌上，當時所流行的魔術方塊，砸在地上，冷冷地留下一句：「我都願意花時間陪你們了。妳憑什麼想早點回家。」

四散的方塊，流離著再也無法繽紛的色彩。那種充滿暴力的煙火，究竟會在未來生出怎樣的她呢？

所謂文明，也始終是人依循社會規則，有理有據地把傷害佯裝成一種不得不。

不得不說話，不得不批判，不得不朝犯錯的陌生人，丟著最憤怒的石子；也不得不像鮭魚洄游，總是在回鄉時，於吃完晚餐後，騎著單車，來到當時的愚人巷。

那是種身體的本能，想要懷舊。但騎進斑駁的巷弄時，仍分不清路的走向。透著昏光，一片死寂的周遭，徒留難言的恐懼。不知道野狗何時竄出，心裡總有種想逃跑的衝動。

害怕受傷，就像精障傷人的新聞底下，總有網友留言：「有病就不要出門；家人為什麼沒有好好管理或協助就醫。」那種風涼話，往往沒意識到那種長期照護，時常是金錢與心力的消耗戰。

所以才需要有一處，收容這些無力被照顧的病者。造就一座棄島，那些被置放此地的人們，被迫自我改版，只能徜徉在失能的鄉愁裡。

但眼前蜿蜒的曲路，如人腦複雜的海馬迴。選擇前進時，我倒也想過當時的冒險，勢必存在某種令人眷戀的多巴胺。於是傷人成癮，我卻始終在這座謎城裡，找不到當初常去探險，那屬於他者的家。

愚人巷裡，大半已為廢鐵空屋。人口老化，青年外移，更多不見光的老殘窮，僅是在無光的房裡，任憑蟑螂，蚊蟲，遊蕩成病。

或許媽媽桑早在這種脆弱的環境裡，已悄然走過人生。可我仍凝視著每個屋內，體會多或少的差異。曾看過一戶人家，雖然四周髒亂，但門面的神明桌，卻顯得格外乾淨。

能反射光亮的原木，不見任何塵灰。支撐他們生活的，是家？還是神？

抱著這遠眺的疑問，我更在巷弄裡，看過削瘦的P從其一鐵屋走出。那時的他頭髮稀疏，臉上散亂著鬍碴，穿著洗得寬鬆的T恤，手裡牽著約莫幼稚園的女兒。與還在讀書的我，有著極大落差。我假裝沒看見他，僅等他又走了一小段路。轉身，見那走遠的身影，被燈光不及的陰影吞噬。那是被削尖的祕密，過往的殺意還在巷中遊竄。它像是幽靈，或是跟著那女孩背後。

那是我少數感到悲傷的時刻。

再次騎上腳踏車，成年後的巷裡，亦不復見野狗行蹤。但心裡的恐懼卻若隱若現。如果遇到媽媽桑或怪叔叔，我會為當年的作為道歉嗎？

又走到另一死路。老鼠從身邊跑過，跳進水溝。那種降落毫無任何聲音。困在巷裡的，亦都是活著的。

夜知道

曾有一次深夜，母親載著我與弟弟，在起著夜霧的山裡，尋找一條正確的路。我們沿著漆黑的山路，蜿蜒了好一陣子。幫不上忙的我坐在後座，把睏意捏成好幾段不連續的夢。

年輕時的我總是多夢，但醒來後卻總記不得做過的夢，如一臺快壞掉的電視，僅能接收不完整的電訊。恍惚之間，母親放心地說：「終於找到路了！上面亮亮的光，就是師父住的地方。」

我沒有完全清醒。在那些沒能睡好的日子裡，我看見一片漆黑山谷，也懸浮著一點一點像是夢的光點。那是我夢裡遺漏的訊息嗎？當我如此想時，母親已把家中的老車，開上黑暗的盡頭。

在迎接光的瞬間，那裡僅有用廉價的塑膠布蓋成的佛堂。佛堂裡坐著一群中年男子，他們相互稱呼彼此師兄，並尊稱坐在前方中位的男人——師父。聽我媽的朋友說，師父是濟公轉世的活佛。

師父時常幫人問事。那在自身鍍膜的佛光，總在夜晚吞噬所有美好風景時，擺釣著苦難的解藥。在我媽走下車後，我看著她顫抖的手，正弱弱地提著家裡的經濟狀況與阿嬤病弱的身體，把每一步都踩成更沉重的夜。

夜通常是無語的，那些問題從來都無法輕易地獲得解答。於是所有提問也蜿蜒成難解的山路。在遇見許多人上山問事的時候，母親很常是把無夢的夜，崎嶇地吞回自己的肚腹，一個字句也沒問地，又把我們載下了山。

我無法理解，為什麼工作一整天的母親，仍要將休息的時間，浪費在這沒能給出答案的山上。於是在有次下山後，我有些不滿地向母親詢問：「為什麼我們要一直在深夜上山？為什麼我們家的狀況還是依舊不變？」

這些問題把夜晚磨成更鋒利的沉默，我看著它割向母親勞動的手，卻沒能為她割出更平穩的生命線。師父後來宣稱，母親是因為店面風水不好，所以財運才不順。

這句話沒能成為夜裡的星光，反倒在母親的心底養起了鬼。那陣子，每當店裡的生意不好，母親和阿姨都會責怪彼此：當初應該先給師父看過店面風水，才決定要不要承租。

她們無能還原當時是誰決然地承租店面，但這句風水不好，卻經常附在她們身上，歇斯底里地要在對方身上，爭出一個道理。最終，母親與阿姨的店面只經營了兩個月，便結束營業。所有的一切都回到原點。

我們沒能找到光，卻仍不斷上山。

山裡的師父見母親的虔誠，於是開始向她兜售一些養生的保健品。母親不好意思拒絕師父，所以不僅會包紅包給他，也買了好多他自產的保健品。師父說，這些保健品是用種在廟後面的農作物做成的。因此他們是有機的，對阿嬤的身體很有幫助。阿嬤飲用這些保健品好一陣子，但身體還是時好時壞。師父說，他看見阿嬤身上有一群嬰靈在啃食她的肉身。這一句話，讓母親她們更深信師父的話，因為阿嬤年輕時，確實為了經濟因素而墮過幾次胎。

這些被看透的過去，像極我們在山路上看見的螢火蟲。那一些微弱而閃爍的光，也成為帶領我們走出黑夜的隱喻。隱喻蔓延出一條無限的繩索，母親相信沿著它走，便能走向綁著希望的終點。

繩索被師父打了個結。在結點上，師父邀請母親參加每年在南部據點，舉辦的大型普渡法會。師父說，要解決這些不願去投胎的嬰靈，只有透過每年不斷參加法會，才能將祂們渡化成佛。

這些無法辯證真實的嬰靈，懸浮於山路上，成為在深夜發光的斑斕水母。我們沒能找回下山的路，卻先被水母吞進更深的胃。

更深的胃吞噬著更遠的光。

母親為了省住宿的錢，常是趁著天未亮時，成為一隻撐著夜的寄居蟹，把全家的人移送到南部的法會裡。然後在沿著法會結束的夜，緩慢地航行在北迴的海線，讓自己攤成無眠的潮水，退回東部的山腳。

我無法想像母親是如何用她的肉身，熬過這夜與夜的交縫。我與弟弟雖然心疼她的老實，卻也找不到一把亮著光的匕首，在謊言表層畫出一道縫隙，把污穢的真實給流成膿水。

更荒唐的是，若撇除荒謬的法會內容，我其實挺喜歡南部的法會之旅。因為它是少數能讓我離開家鄉的旅行。這當日來回的南部之旅，常把母親的雙眼熬成了橙紅的棗星。棗星閃爍著許多無法說出口的話。那時，我才明白一顆星的閃爍，也許是來自遙遠異地的什麼，正向著看見光的人在呼救。

同行的師兄後來也在法會上，察覺母親異樣的疲憊，於是向母親推薦便宜的汽車旅館。這才結束母親為了超渡阿嬤身上的嬰靈，而展開的過勞之旅。

那時的汽車旅館，多藏著許多成人才懂的祕密。

我因為從小被母親告誡不能亂拆封用不到的物品。於是在僅用觸覺來摸索事物的情境下，我與弟弟竟天真地把保險套誤認為哪吒的乾坤環，在床鋪上當作暗器扔來扔去。

這一段回憶，在我日後找高雄讀書的弟弟時，也成為荒謬的暗器，把百般無聊的夜，劃出流星般的笑聲。

但我們卻怎麼也拼湊不出，我們去了好多年的廟，究竟叫什麼名字，且它究竟是座落在這炎熱地帶的何處。那些關於法會的記憶，早在我們腦海裡，蒸發成乾涸的碎土。

我們撿拾著破碎的土壤，最後拼湊出一條陡峭的沙道。沙道燥熱且多蚊，如我與弟弟所在的公園。但兩者之間的差別在於，年幼的我必須跟緊母親與其他信徒，大步地跟上信仰的道路。即便自己什麼也不相信，也都必須成為行走的機器。

那些大量行走的質疑，最終結成相同燥熱的寂寞。於我而言，這存放大量陽光的南方都市，常常把人曬得需要找地方，躲避路人熾熱的眼光。但年輕的我，卻未找到一小處陰涼躲藏。

那樣無力而年幼的自己，最後便被南方的炎熱，煮成一道道繚繞的煙霧，在祭拜的神像面前，成為熏人的噩夢。

我不喜歡向神祈禱。

在我眼裡，許多神像的意義，比起給予，更像是剝奪。遊走在法會神明之間的我，常是被奪取肉身的幽魂。我失去一雙能發聲的嘴，得以拒絕祭拜，拒絕許願，拒絕謊言，也拒絕演戲。所有的行為，都早已被神決定。而我的肉體終究被讓渡出去，成為劇裡的其中一尊偶。

神明的代言人，收了幫信徒祭改的心意。心意則玄化成各種微妙的花招：起乩問事、符水解厄，就連明年的光明燈，也可以為信徒預留一個好的位置。在這一連串的法事行銷下，母親是把這些花招，當成保險。

對母親來說，她總認為沒事就是好事，最怕的是，萬一沒去法會，家裏便有可能出事。於是祈福在多年的運行下，早已在神明的字詞背後，長成駭人的夢魘。夢魘拖移著無數個灰暗影子，在祂每一次經過母親身旁時，我都看見母親被撕咬掉一些肉塊。

逐漸失去肉身的母親，長成透明而陌生的鬼魅。

她每日也都把我的舌，熬煮著更為苦澀的藥。她常在下午無人時，把店面掛上外出中，走向荒野尋找阿嬤需要的草藥。她沒能領悟，所有的病與藥其實都是師父為母親綁上的鎖與鑰。

這些每日的儀式行為，都讓我不禁聯想，母親是否有一天也會與夢魘交融成更大的夢魘，吞噬更多不認識的人們？

我若向神祈禱，祂會還給我原來的母親嗎？

在那些煙霧繚繞的祈禱裡，母親依舊是每年參加法會的女人。我不太明白弟弟是如何理解這齣荒謬的戲碼。

那時的我們也不大敢在家中討論，師父與這些神明的真偽。所有的願望仍是未明的夢。但推薦母親相信師父的朋友，卻送了一張照片給母親。

那張照片拍攝著某年法會的天空。暗沉的天空飄浮著許多模糊的光點。據她的朋友說，那些光點是天庭的神佛來參加法會的鐵證。

我不忍心說破，照片裡的光點會不會其實是失焦所造成的？又或者只是黏附在鏡頭上的髒物？但這張照片，著實鼓舞母親沒白費為了參加超渡法會而花費的心力與財力。

這些沒能說出口的質疑，與這些年一路行走的崎嶇山路，都在彼此不說出口的沉默裡，形成迷宮般的化石。

化石後來長成兩個成年男子，他們回到相同燥熱的南方，鑿開身上存放的那段記憶。

記憶的碎屑，成了跟著參加南方聚會的飛蚊。這些飛蚊像極師父在起乩時，喃喃自語所念的難懂符文。我一邊捏死被我打暈的蚊蟲，一邊想著在那些等著師父起乩時，我也是帶著睏意，把自己捏散成雲。

阿嬤的嬰靈正等著被師父超渡，我也等著一個確實存在的真理，把我超渡至幻象之外。但無緣的我，卻先被超渡進夢鄉。

夢鄉存在著許多漂浮的靈光，我把祂們捉進手心。手心緩慢地飄出現實的聲音，扮演濟公的師父對著阿嬤吶喊：「信女XX，為何墮胎殺生？」我望著手心的胎靈，他們也曾是一個個等待實現的夢。但現實卻是阿嬤在經濟因素的考量下，仍要在墮胎的幾十年後，背負著罪。

這悖反的夢與現實，最終在我睜開眼後，看見的是阿嬤在參加法會後，總是淚眼縱橫。但那些懺悔的淚水，卻未流成藥師佛手上的甘露。

於是阿嬤的身體仍是日趨衰弱。母親看著阿嬤的肉身，忽然間也大徹大悟，認清師父並未擁有改變阿嬤健康的能力。於是她也漸漸不再載我們上山，轉向聽從附近鄰居的話，每日獨自前往祭拜鄰近的土地公廟。

這背棄師父的改宗行為，最後被師父冠上「忘恩負義」的名號。推薦母親進入宗教的朋友，為此也與母親決裂。

母親傷心了好一陣子。我曾偷聽到她與阿姨說道：「我們也有家庭要顧，沒辦法花太多時間與金錢，參加這些講道與法會。」

這一顆形似眼淚的句點，在我們鑿起如化石的肉身時，也成了劃傷眼睛的飛石。

在許多疑問都被積成遺跡的南方聚會裡，弟弟把菸頭點成眼裡的血。

南方的煙揮發著熾熱的哀愁。煙所上升的熱帶天空，與那一張拍到神靈的天空，是同一片天空嗎？記憶對流成雨。在多次下山回家時，我都極其厭倦母親為了向師父問事，而不得不花更多時間聽他講道。

道理對流成颱風，有多次下山時，我腦內都不禁想像，母親會不會因為過勞而把車開向山的懸崖。也許在平行時空的某一個我，早橫死於這座藏匿著佛與魔並存的詭譎山中。

然而現實的我，卻長成了能夠撿起過去，扔向他者的成人。

我長回一雙能夠發聲的唇，在飛蚊作響的夜裡，我模仿講道的師父說著：「你不覺得一切都很荒謬嗎？無論是開始，還是結束？」

弟弟想了想，把荒涼的煙吞下心海，而後吐出輕柔的幾朵雲。雲飛向天空。弟弟脫口說著：「如果那時候，母親沒有對師父的信仰，她也很難熬過那陣子的生活吧！」

我望著這裊裊昇空的雲。母親也許是一朵柔軟的雲，她從未想過傷害家裡的任何人，反倒是想承載家人走過低沉的夜。但就連那些柔軟的綿絲，都仍然被我批判成是會傷人的棉花。

這些從師父嘴裡吐出的，如符咒一般的詭譎蚊蟲，著實吸滿母親肉身裡的血與歲月。但是當母親再也付不出蚊蟲想要的血肉時，牠們僅留給母親任憑時間也難以消腫的咬傷。

我很慶幸母親在蜿蜒山路行走的日子，並未帶我們走向崖下的深淵。相反地，雖然我們曾在深夜的山中，丟失前進的方向，但迷路本身卻也渡我們走過某種隱形的劫。

我心想弟弟對母親參加宗教的理解，可真是正確。但我卻也不知如何回應這一些散落成沙的過去。我們繼續沉默。那天南方公園的天空，同樣有著散落星星的夜空。那一顆顆絮語著光的星星，都像是渡人走過劫難的神佛。當中，會不會有一顆星，正是渡我們走下山的神佛。我無能證實一切。

這些關於神佛存在之事，我想只有夜知道。

山夢

直到現在，我仍會夢到那座山。
在山中，皮膚蒼白的姊姊，一個人關在貨車裡，播著大聲的音樂。沒發現蹲在車旁，正在偷聽歌的我。
也沒人發現躲起來的我。
母親、阿姨、阿嬤與其他信徒，圍成半圈。最前方是師父，大家相信他是濟公轉世。每週，每天，都有人加入圈子。
問著事，也跪求藥籤。買著昂貴的保健食品，他們說那是神明託夢，再經過科學認證，以多重藥材萃取的。我們家境清寒，餐桌即使無肉，也堅持要擠出錢，換取洗淨身體業力的聖水。
它無色，但每次喝下，口腔總會徒留苦韻。
是自討苦吃。
師父的據點，常常遷移。上山跟其他信徒的車。可下山，面對不斷出現的岔路，我們經常回到原點。是找不到路，還是無路可退。我不清楚。回到家，也經常是深夜。

我在那樣的夜裡，重新入睡。但卻特別容易驚醒，甚至尿床。

母親見著，僅到圈裡指著我，說他已經小四了，有什麼方法可以治好？

低著頭，離開還沒出現的答案。

一個人漫步在山中。姊姊依然躲在車上。跟隨音樂擺頭。若不知道她罹患的疾病。那身姿態，宛若每天都是快樂的第一天。

陸續聽了好久，只是到了慢歌時，我才在後照鏡發現她正流淚。

當年的我，認為這裡的每個幼童，應當都有相同的悲傷。

也曾看過一位小弟，隨父親上山，可是他父最後卻離不開山。

說是想花一輩子，追隨佛的腳步。拋家也棄子，我想起，母親離開男人的初期。也有好多人抱著我，同情我，貌似我的未來早已毀滅。

我沒有跟著哭泣，卻更懷疑，那些可憐我的眼光與男人的拳頭，哪個讓我真的受傷。

母親不明白，所以回到圈裡。雙眼虔誠但疲憊，靈魂的窗裡爬盡沒有出口的紅色血路。

有陣子，姊姊與她家人都沒來。稱羨他們終於找到下山的路。但某日上山，她的父母卻是跪在地上。前方的師父，伴隨刺眼的陽光，大罵他們不遵守佛囑，害女兒血裡都是骯髒的藥劑。

「她就是被你們害死的。」話語落下，我看著母親，她沉默著。

他們後來更沉迷於山，於母親不再上山時，更大罵她忘恩負義。

母親在那之後，幾乎不提那山。

只是那種緘默，本身也是巨大的謊言。它吃掉那些過往，僅是在不經意的時刻，在夢裡，才引我上山，誘使我看向那些仍然不解的事物。

那是另一種欲望。

活過姊姊年齡的我，在一次與母親出門時，恰巧遇到她的家人們。彼此沒有打招呼。母親只是在回家後，才輕聲地跟我說，他們至今仍會上山。

思索了幾秒。我問著：「為何妳不拉他們一把？」

「不是每個人都有面對現實的本錢。」母親最後那樣說。

面會菜

隔了一層玻璃。他們朝著話筒低語。兩人的表情沒什麼改變。

灰色，不像黑或白，空間的一切都扭曲成模糊的霧。她的下唇咬著上唇，神情間總有種說不出的哀傷。直到面會結束，無奈的不捨的她，回到車上，才緩慢地對家人說：「這裡的生活很苦，連青菜都沒得吃。」

車子行駛在返家的道路上，連綿的山丘所蔓延出的春意，宛若一頭龐大的獸。牠緊盯著他們一家，陷入如漩渦般寂靜的灰。車內播放著莫文蔚剛出的〈陰天〉，那女人自顧自地唱著愛情的遺憾，沒有理會那混雜啜泣的細碎風聲。

接下來的一週，她總是煩惱要炒什麼菜。

畢竟不能每天見面，所以撐起年老的身軀，奮力地提著一大籃的蔬果。再一一放入水槽。任流水洗淨塵灰，農藥。水槽眾生，如他在牢裡，浸泡著難以想像的寂寞。

但她難以釋懷。剝掉壞去的葉，又細心地切碎蒜與辣椒。一陣大炒後，熱騰騰的菜香飄蕩在房裡。她的孫子溜上桌，嚐了一口，又一口。無法停下那張飢餓的嘴，直到被發現後，才不情願地下桌。

她把那些菜裝進透明塑膠袋，一會兒擔心這些菜不夠吃，一會兒又擔心超重。抱著煩惱上車，愈靠近監所，她的嘆氣聲便愈加嚴重。

陪她的女兒們，關掉車上的音樂，說用心一定會得到回報。

窗外飄蕩著陰天，那要下不下的雨，懸宕著莫名的憂鬱。她始終緊閉著嘴。一旁的孫子，躲不掉舟車的疲勞，正緩慢睡去。

下了車，走進那堅固的圍牆。他在玻璃前，聽到她送了大量的菜後，臉色鐵青，隨後抱怨著：「我上次是說『tshìn-tshái，隨便』，不是叫妳炒一堆青菜。」

那或許像一種典型笑話：好消息是兒子的監獄有菜吃，壞消息是他這週沒有肉吃。其他陪同的親人，放聲大笑。只有她有點委屈地低咕著：「我又不知道裡面過的都是什麼樣的生活。」

沒有親友有前科紀錄。

她也是到後來才明白，所謂的探監，其實是不斷來回的遠遊。

走進等候室，費著一、兩個小時，換得十五分鐘的通話時間。

手裡拿著的肉品，也不見得每次都能成功送進去。她曾開心地帶著蒸好的鱈魚。但卻被獄卒擋下，用筷子翻來覆去地，把一整條魚，翻成骨肉四散的白色肉團。

那是寂寞的雪地。

她看向一旁的垃圾桶，聽其他人笑著安慰：「至少不是被丟到那裏。」

「也是啦。」她收起悲傷的眼神，只能融入笑聲，小聲地說話。

但也不是每次都這麼幸運，偶爾想買點兒子最愛的炸雞，卻因那裹粉的表皮被物檢攔下。帶著被退件的驚喜，孫子心裡感到開心，但不敢表現出來。

那是段艱難的日子，家裡大部分的錢，在之前都拿去打官司。平日吃慣粗茶淡飯的孫子，啃著冷掉的雞肉時，露出難得的微笑。作為對比，一旁的她倒擺著憂愁的臉。

面向那道灰色的牆裡，像玩著沒有邊際的猜謎。所有規定都是在犯戒後，才慢慢浮現。

只能在做菜時，當起第一道守門人。不要豬腳，那大根的骨頭有藏毒的風險。也不能燉雞湯，藥膳的湯水也可能偷渡酒水。鹽、胡椒，這些粉狀的調味料，更不能撒在料理上。

過了官員這關，也還要顧忌同學的感受。比方，雞鴨不能一起送，香腸的臺語像延長，拿去送給兒子，就像祝賀「羈押會不斷延長」。

她仔細吸收這些冷知識，不被年齡限制，仍活得像塊柔軟的海綿。漸漸掌握這些原則，她鮮少買現成的菜餚，常是在週末一大早，從備料，再到料理，最後經過加工，好符合牆裡的規定。

過程中，她都保持著微笑。年幼的孫子不懂，只是站在遠方，靜靜地看她提起大包的熱食，再次地坐上車。

探望的路程十分遙遠。那些用心熬煮的食材，搖晃在炎熱的夏季。有時還未抵達，便發出令人生厭的酸味。也只有在那樣的時刻，她才甘願把手上的料理遺棄。於監獄附近的攤車上，購買現成的面會菜。

送上那些菜餚時，她強忍著內心的歡喜，只淡淡地說著：「再分給你的其他朋友。」

帶著面會拿到的佳餚，他在獄中還算有些面子。能決定誰可以吃，誰不能吃，就像回到牆外的世界。想收留更多小弟，他也曾走到那扇灰濛的玻璃前，看不清母親的臉龐與那日漸衰老的身軀。只是低著嗓音，說他有個朋友，已經很久沒收到家人寄來的錢。

纏綿的細語，是誘惑。電話一頭的她，最終只是安靜聽著他的演出。

要她也給那人一些急用金。有些心酸的她，捏皺自己的衣襬，沒能拒絕。

算了算他在獄中的開銷，她後來是低下頭，問嫁出去的女兒能不能幫忙。

隔沒幾天，她的女兒照約定匯了幾千塊。

他的孫子當時年幼，什麼話都不能表示。只能靜靜地，坐在車子後頭。看窗外風景，那遠行經過的山，在那樣的生活裡，最後只剩下蠻橫的荒涼。

愛有時也是那樣。結束重複的遠遊，他們時常停在簡陋的小吃攤前，緩慢地下車。一行人保持沉默，誰也不提最近又多給了多少錢。點著乾麵，白飯，切一小盤滷味和燙青菜。一行人在油膩的鐵桌上，吃完飯後，才繼續行駛在返家路上。

那條橫長的公路，鮮少有其他車輛。路燈排著整齊的隊伍，彼此相濡著昏光，把整條路都染成橙紅的夢境。她的孫子覺得那場景十分寂寞。明明努力了一整個週末，但大家卻是陷入更難耐的飢餓，僅能聽她重複說著：「他只是替人頂罪，也是很可憐的人。」

孫子為她感到不捨，尤其當她不小心切到手時。那細微的傷口，不斷流出鮮血。卻無法停下工作，只是膠布隨便纏纏，又趕著做菜。

在看不見出路的生活裡，也多的是孫子不懂的時刻。比如於他刑期快結束時，她偶爾會在做菜時，露出落寞的神情。也比如，那些原本豐盛的備菜，在那時亦變得格外純樸。

她不再準備大魚大肉，而改炒著最初的青菜。那簡樸的高麗菜，依然散著香氣。孫子再次偷嚐了幾口，卻是抱著疑惑，自行離開餐桌。

沒想過成年後，會在煙霧裡，想起當時的她。

在廚房，或是她的喪禮。眾人哭喪著眼，而孫子在遠方，看著他的眼。那沉默的湖底，不知道是否攏盪著悔意，後悔曾指責她炒著大堆的菜，或者更多。

香火，燃起大把的煙霧。孫子沒有哭。只是在那之後，也無能抵抗遺忘。記不得她料理過的大多菜餚。做不出滷肉、也煎不好魚，最後才退向最簡單的炒菜。

以為只要控制好悶鍋的時間，在菜還清脆時，完成調味的拌炒。但盛盤，上桌。味道，吃起來就是不對。不管看再多的料理影片或食譜，還是找不到她美味的祕訣。

有些東西始終是技巧難以抵達的。

或許是情感，也或許是個性，一些內在的根基，總造就不同的舌尖風情。

那也是料理有趣的地方。一個食譜，但由不同人炒，或置換時空背景。再怎麼努力模仿，都還是有些微的走味。

孫子也曾問過自己的母親，有沒有繼承她的食譜。換來的卻是一陣篤定的搖頭。白髮，皺紋，混濁的眼。孫子不忍繼續看，時間同樣在母親身上所走過的痕跡。

一切都在改變。孫子在短短幾年內，也逐漸淡忘她的面容，身影，甚至是存於話中那天生的幽默感。像是弄丟拼圖碎片，最好的時光早已消逝，圖裡的陰翳，成為一個接著一個，深鎖的貓眼。

孫子望向那兒，無奈地看年老的他，仍會伸手要錢。只是這回，換成了自己的母親。

「但我也不打算要回來了。」

母親說話時，孫子沒有回應。

有時候，沉默就只能是那樣。

安靜地撐出新的裂縫，那理應無關的〈陰天〉，緩慢浮出。它的旋律吸附著第一次面會的情境。感性贏了理性的，始終不只有愛情。

也像是孫子始終不知道，她這一生究竟過得算幸福嗎？橫豎在牆上的她，也是傻傻地笑著。但那跟〈陰天〉，或者世界，都沒太大的關聯了。

養兔

我認養了兔子，一隻擁有黃斑的白兔。

在眷養她的日子裡，她幾乎沒理過我，反倒喜歡在房間與自己嬉戲。只有偶爾，她會在我喚她名字時，跳到我的腿上，輕咬我褪色的牛仔褲，彷彿一種施捨。

我並不感到難過，而難過僅是證明我的無理取鬧。

望著追逐自身倒影的兔，我不禁想起那些離我而去的情人。

他們乘著情欲而來，興起費洛蒙的浪。在床上散落出無數白蠶，把光亮的世界咬出多個空洞。沒想過如何填補，我天真地以為情人的軀幹，能在洞裡攀出盎然的天。

每當關係有機會萌芽，哪怕自己為此枯萎，也要把體內所有的汁夜，全都榨成奉獻的神話。

那些苗芽最後結出的果實，飄散新鮮感逝去的霉味，我們也在彼此的生命裡走散。無法面對回到單身的日子。當我反覆咀嚼惡果時，自己正成為被世界遺棄的孤島，自顧自地反芻著體內的傷痛。

許多習慣也就在那段時間裡養成：我喜歡獨自去餐廳，外帶尚能接受的餐點。等回到自己的住處，我才一邊咀嚼食物冷漠的滋味，一邊配上其實也不感興趣的影集，彷彿這輩子只要練習這件事。我也習慣孤身騎著機車，繞著住處附近的街道，像是每日巡邏的垃圾車隊員，收拾逃不開的回憶。

直至現今，我都未能改掉這些習慣。它們儼然成為我靈魂的疤，呼吸著親密關係的失敗。我會攜帶它們走到多遠的遠方？沒有答案，它們待在我的眼裡，像是沒有立碑的墓地，寂靜地悼念死去的愛。

我想為死去的愛，辦場簡單的葬禮。

於是我認養了兔子，是隻擁有黃斑的兔子，她與一般人想像的兔子不同，沒有披著純白毛皮，也沒有溫馴的個性，更不喜歡團體生活。也與我想像的兔子不同，她不會在我感到心情鬱悶時，主動地舔舐我。反倒是匆匆瞥過，一股腦地鑽入自己的世界。

那是隻只愛自己的兔子，只有在她百般無聊時，才會跳到我身上。

但很多時候，我竟是在她的大駕光臨中，感到萬般榮幸。還記得剛領養牠時，無論是她身上淩亂不堪的黃斑，或是牠高傲自大的個性，都令我感到厭煩。

但一想到她跟我一樣，都是被人遺棄的，我又不忍心不好好地照顧她。所以只要我一有時間，便把她喜愛的零食放在手上，一面餵胖她柔軟的肚腹，一面撫摸她柔順的毛皮，再詢問她今天過得好不好。

無法得到確切回應，豢養的她的每一天，都是對於愛的反覆練習。又常是經歷疲憊的一日時，我打開房門，所看見的是被咬爛的手機線或被尿濕的床鋪。而闖禍的她，則是假裝沒事，安穩地睡在她的祕密基地。

我對這一切感到厭煩，也曾疲倦地對她說：「為什麼妳不能好好生活，不要趁每次都趁我不在時，當一個偷偷惹事的事精。」

這些抱怨長期累積下來，也成為炸藥的引信。當生活輕輕送來火花，我終在經歷不順的一天後，一面強抱著她痛哭，一面說著：「為什麼我對妳這麼好，妳卻總是如此對我。」

母親是否在養育我時，與我有著相同情緒？當她拚命工作以撐起我生命的碉堡時，我卻也拚命找藉口與她吵架。在她好不容易下班，試圖與我找些話題，我在乎的僅是她話裡是否有語病？那些傲慢與不孝的日子，最後換來的是這隻拚命逃出我擁抱的兔。

對著那兔，自己早成為故鄉的幽靈，讓母親在只有她一人的午夜，把對我的想念匯流成無名的河。兩人的互動只剩下基本的寒暄，掩蓋著底下無盡的疙瘩。

自己始終沒有母親的大器，總計較著兔帶來的諸多麻煩。

這是一場失敗的葬禮。望著四處奔馳的兔子，她不停的奔馳，彷彿提醒我年少的情欲，在他人之間不斷流轉，卻不知如何為混亂的生活，叼上一個適當的句點。

我曾在網路上看過相關的農場文，上頭說著，忘掉一個人需要花的時間，是彼此相處的一半時間。沒有好好凝視自己受過的傷，卻只妄想召喚另一個生命，期許她成為羔羊，代替自己承擔生命的苦痛。

那些因愛而來的寵物，若活著是福分，但更多卻是走入墳場，化成白骨，等待下一次投胎，能好好地被對待。

但也不是所有死亡換來的都是遺忘，我也見過朋友在貓死後的兩、三年，還特地挖開貓的墓地，用動物學相關的知識，緩慢地清除骨上的殘渣與土塵。

在漫長的白骨拼接裡，一個關於貓的祕密，赤裸地攤成藝術品。經過的觀眾，僅以想像填補牠失去的肉身，卻遲遲沒辦法拼出，貓骨的真身是還活著的愛人。

那是場看不見盡頭的葬禮，偏執的朋友連死亡都還緊緊擁抱著。

手尾錢

結帳的時候，我常因為看見錢包夾層裡的手尾錢，想起已故的阿公；想起在阿公病危時期，照顧他的印尼看護Hani。雖然我與Hani並未有太多交集，但每一次與Hani的相處經驗，卻都像分布在手尾錢上的摺痕，深刻地讓人好奇這張紙，以前究竟發生過怎樣的事。

摺痕也許來自傷人的提問。在Hani來到我們家前，仲介曾詢問母親，介不介意看護的身材。母親有些訝異地回她：「我們沒有要請人來選美，她能好好照顧阿公比較重要。」

這番話讓仲介尷尬地回應：「沒有啦，因為前幾個家庭都覺得她太胖，所以不想用她。像你們比較善良的人，不介意就好。」

我們善良嗎？我們不過是不介意原本就不該介意的事，這也能稱為善良嗎？關於善良的問題未解，Hani已背著過往的許多摺痕來到我們家。

Hani剛來到我們家時，還不太習慣與我們同桌吃飯。她說，之前的雇主不允許她一起吃晚餐。但母親與阿姨很友善地跟她說：「真的沒關係啊！一起吃飯比較開心！」她才怯生生地，拿起碗筷與我們吃飯。

在餐桌上，Hani 往往是沉默的。家人很常會關心她：「這裡生活還可以嗎？」Hani 在聽完家人的問句後，總習慣停頓一下，再笑笑地回應：「我很喜歡這裡。」那細微的停頓也許是猶豫，也許是她還未想清楚這裡的生活究竟怎樣才能叫做「還可以」。

我還沒能搞清楚 Hani 嘴裡的喜歡，究竟是表面的偽裝，還是真心的喜歡，便離家到外地讀書。

等到下次見到 Hani 時，已是阿公的葬禮。

喪禮期間，家人因為看見 Hani 跟阿公的感情，故繼續聘請 Hani，讓她能送阿公走完最後一程。當我得知這個消息時，其實為 Hani 感到擔憂。一方面，我不太確定臺灣喪禮活動是否與 Hani 信奉的伊斯蘭教有所抵觸；另一方面，我也不太清楚請 Hani 來參加喪禮，究竟會不會對她造成困擾？

這些擔憂讓我在做七期間，格外注意 Hani 在喪禮期間的情緒變化。

喪禮期間，Hani 意識到自己仍受雇於我們，於是她不是以人的身分守喪，而是成為一臺生產紙蓮花的機器，參加阿公的喪禮。我很少看見她離開座位，即便母親與阿姨都提醒她要適時休息，她仍選擇當一位稱職的園丁，為阿公種出一朵朵隱喻著想念的黃花。

對比 Hani，我簡直是她的反例。我常是摺完一朵花後，便休息好長一陣子。如此卑鄙的我，總是坐在乾淨而無事的位置上，遠遠地觀察 Hani 是怎麼渡過這煩悶的摺紙時光。

觀察一段時間後，我察覺 Hani 習慣哼上幾句佛曲的旋律，來抒解摺花的煩悶。這一點發現，讓我更加覺得 Hani 還真是可愛。一來是因為她作為一個伊斯蘭教徒，竟然會喜歡佛教的音樂，二來是她的樂觀，彷彿能讓她在所有困境中，找到屬於自己的解套方法。

就好比 Hani 在剛來照顧我阿公時，也是很快找到與阿公的相處之道。那時的阿公還不能接受自己中風，所以常對周遭的人發脾氣。而我的脾氣也很硬，這使我在探望阿公時，總站得遠遠的，就像一個陌生人觀望著另一個與自己無關的苦痛。

可是Hani卻能忍受阿公的壞脾氣。據母親的描述，Hani手上的傷，有許多都是阿公造成的。但Hani卻不與阿公計較，反倒是不斷鼓勵阿公，讓他能重新重拾對生命的熱忱。

在照顧阿公的日子裡，Hani為阿公拍了許多照片，其中一張是她為阿公戴上可愛的帽子。據她所說，當阿公鬧脾氣時，她常會幫阿公戴上家人編織的毛帽，且鼓勵阿公把脾氣收斂一點，就帶他去遠處散步。

這些鼓勵與照顧著實使阿公的康復狀況，有了極大的改善。我與家人都很感謝Hani，謝謝她對待阿公如自己的親人。

但是在清明時期，阿公的身體卻因不明緣故而急劇惡化。在阿公往生前夕，Hani是我們家裡哭得數一數二慘的人。也因為這些日子釀出的感情，我們決定繼續聘請Hani，讓她陪阿公走向生命的終點。

阿公過世後，Hani與我們一樣想念阿公，她常忍不住把眼淚摺成點綴紙蓮花的水珠。阿姨在某次看見Hani的淚水，便拍拍她，安慰著她：「如果妳真的很想阿公，妳可以到靈堂前，雙手合十拜拜，跟阿公講妳想說的話，他都會都聽見的。」

我不喜歡進去阿公的靈堂，那裡擺放著陌生的阿公。面對阿公蒼白的面容，我常不自主地感受到愧疚。但 Hani 與我不同，每當她想起阿公時，便習慣走進靈堂，把自己的生活剝成零碎的言語，與阿公一起分享。

看著 Hani 對阿公的愛，我搞不清楚自己是從何時開始，不跟阿公說話的？活了二十多個年頭，我還是記不得很多事情。這其中包括當許多親人，聚在這一張摺紙的圓桌時，我們也很常忘記悲傷，反倒把黃紙摺成一張歡笑的嘴。

可是 Hani 卻總用摺滿的蓮花池，提醒我們：「這是阿公的喪禮。」

望著 Hani 代我們摺給阿公的功德，親戚也回摺於 Hani 一道無聊的玩笑：「既然你們看護那麼閒，可以借她來我們家打掃嗎？」我不知道這些話傳到 Hani 耳裡，會變形成怎樣的傷害？為了轉移 Hani 的焦點，我鼓起勇氣跟 Hani 說：「其實我有學過印尼語。」接著才用我所學不多的印尼語，讓她知道她並不孤單：「Halo! Nama saya Arjuna.」（嗨，我的名字叫 Arjuna。）

說來好笑，Hani 都來我家不知道多久了，我現在才對她自我介紹。可是那卻是我少數能說出的印尼話。Hani 聽完後，先是瞪大眼睛，再來才說：「弟弟，你的印尼語講得很好欸。」

我說：「沒有啦，我也只會一、兩句而已，畢竟我不會發 r 的打舌音。」在這一問一答中，我與 Hani 才開始對彼此有些認識。

但那玩笑確實在她身上，搯出一道無法說出口的傷。每當太多親戚路過這張生產功德的桌子，Hani 往往會冷眼望過開心的我們，隨即龜縮進阿公的靈堂，把裡頭冰冷的空氣，當作是阿公對她最後的溫存。

在靈堂閃爍的死白燈光，映上 Hani 黝黑的皮膚時，那延伸出模糊的影子與 Hani，總讓我分不清楚她們之間有何區別。在 Hani 來到我家的日子裡，家人雖然想把 Hani 當作是一般家人看待，但那些繁複瑣碎的人際相處，以及便當副菜上的香腸，總讓我們拙劣的演技破功。

這些細微的差異，著實構成我們與 Hani 之間的遙遠距離。在這個家裡，唯一對 Hani 一視同仁的，便是躺在冰櫃裡的阿公。他不與任何活著的人說話，於是那方像海一樣涼快的角落，便成為 Hani 存放寂寞的保險櫃。

保險櫃裡存放什麼祕密？

在我用印尼語和 Hani 聊天的那天後，Hani 偶爾會叫我一起參與，她與小孩的視訊。但我畢竟不懂太多印尼語，所以我常是過去問候他們：「Apa Kapar？」（你好嗎？）就草草離開。在那短暫的視訊時光裡，Hani 卻露出少見的笑顏。

這著實讓我覺得感慨，在這些日子裡，我們雖是盡力想像 Hani 是我們家人，但想像與現實中間，卻仍布滿虛妄的縫隙。尤其在 Hani 面對她真正的家人時，她眼裡流露出真實的喜悅，再度照亮縫隙裡頭，我們自以為的寬容與恩賜。

這些縫隙沿著喪禮的進行，最後給了 Hani 一份手尾錢。

阿姨在拿給 Hani 手尾錢時，仍再三提醒她：「這個錢不能隨便花喔，它是阿公給妳的錢母，是要幫助妳生更多錢的。」Hani 聽完後，點了點頭，而她的眼角再度落下眼淚，一如阿公死去那天。

我同樣也拿了阿公的手尾錢，這在風俗上我們好像真成了一家人。

我把這份手尾錢，藏在皮包夾層。有時我會在結帳時，不小心瞥見夾層內的手尾錢，想起走遠的阿公還有 Hani。至今的她帶著阿公過世的悲傷，去了哪兒呢？現今的她又過得好不好？

又有時，我會聽見我母親說，她在醫院偶遇 Hani，而 Hani 新照顧的阿嬤也進了安寧病房。聽完母親捎來的消息後，我無奈地想著：「再過不久，好不容易適應新雇主的 Hani，又要到別人家，展開新的生活吧。」

在不斷流浪於死亡的日子裡，Hani 也像是一張無所從的紙鈔，等待一個不把她當作工具的錢包，將她收納進溫暖的夾層。但先等到的，卻是雇主家庭在 Hani 身上，摺上不規則的陰影。而那樣的摺痕，又時常被我們安葬在光亮的擬家庭遊戲裡。

我不知道 Hani 還要背著這些我們無法完全同理的陰影，持續多久的流浪？

我唯一能做的，不過剩下虛偽的祈禱。

但願阿公的手尾錢，早日讓 Hani 賺足與家人團圓的錢。

狸的送別

碩士畢業前，我曾在山上的學校，發現平時少見的果子狸。不知從哪來的牠和我對望，那圓渾的瞳孔像藏著邀請函。隨著牠奔跑的背影，自己正一點一滴，走回過去養狸的時光。

最初帶回狸的是阿公。圍繞在家裡的新生命旁，他緩慢地說，原本還有兩隻，但全都被母狸吞下肚。國小的我不明白自然運行的規則，總在牠不斷蠕動身體時，感到一絲慶幸。

每日放學，我和弟弟都會從家門口，興奮地衝向牠的面前。平時沉默的阿公在面向牠時，也流露出難得的仁慈。親手沖泡奶粉，餵養虛弱的牠。看著新生命的加入，家裡像被注入活水，驅散原本壟罩屋內的陰霾。

有了阿公細心的呵護，狸也迅速地成長。原本的紙箱，早關不住茁壯的牠。有好幾次，我都在奔跑中，差點踩死逃脫出走的狸。但無論被罵幾次，我依舊健忘，依舊不改急著見牠的惡習。

記憶裡，我也是在剛養狸寶寶那時，跟阿公最有話聊。詢問怎麼照顧好牠，自己還有什麼能幫忙的。不怎麼說話的阿公，拿著削好的木瓜，讓我放到箱裡。看著正在茁壯的牠，用細嫩的粉紅小手扶著果肉，一口接著一口，不停地啃食眼前的食物。明明是單調的餵養工作，卻總讓我沉溺其中。

那雙水嫩的雙眼，還有從鼻吻蔓延至頭顱的白色紋路，身上似貓似犬的靈氣，不像一般野外常見的生物。我媽再三告誡，不能跟別人說家裡有養果子狸，但卻沒跟阿公說，果子狸被政府定為保育類動物，一般民眾是不能隨意飼養的。那陣子，家裡也幾乎靠著這類不明說的話，才得已相安渡日。

如同每個週末，阿公總是私下詢問我：「你們又要去哪裡玩？」我含糊其辭，不知道該多說什麼。沿著臺九線開車，穿過樟木長成的綠色大道。陽光經過樹冠，碎成無數條金黃色的魚，靜謐地睡在樹蔭中。看著窗外不斷變換的光景，我們的車最終停到獄前荒涼的停車場。

隔著透明面板，家人輪流拿電話與舅舅說話。相信出外混幫派的他，本性是善良的。說著一切都是誤會，所以放任阿公一人待在家中。卻沒意識到狸從發情後，只要有人靠近，便惹得牠激動地咯咯叫。

阿公的手上與臂上，於是陸續貼滿膠布。在那大小不一的紗布下，沒人知道他傷口真正的模樣。害怕受傷的我，冷眼地望著餵食狸的他，也敷衍地回著他相同反覆的問題。

但和朋友大吵的那次，我卻未能遵守和媽的承諾，煩躁地說著：「大家是去探監啦，哪有辦法一直出去玩。」沒有再多追問，或許他心底也早有答案。許久不見的兒子，加上每週外出的家人。可卻連最後的希望，也還是都被長大後的我，咬出寂寞的洞。

後來的他反常地要一同北上。搭乘媽開的車，一路上幾乎沒有人說話，直到接近花蓮，他才打破車內的沉默，淡淡地問著：「沒有要買菜過去嗎？」

到了停車場，打開門，他看著媽右手拿著剛出爐的桶仔雞，左手牽扶體弱的阿嬤。我在他身後，望著他靜悄悄地偏離家人行走的航道，一個人走向遠方的空地。點了點媽的背，伸手意示他的離開。

媽不解地問了聲：「爸，你要去哪？」

沒有說話，甚至沒有回頭，他只是揮了揮手，暗示我們自己進去。那身離遠的背影，對當時的我，總是一團難解的謎。探完監，到市區有名的餐廳吃飯，一路沉默的他於排隊的人龍裡，才又終於出聲：「要排那麼久的隊，還不如回家吃飯。」

頑固、不懂得體諒家人。那些讓人厭煩的標籤，大概也是從那時，被我貼在敞開的傷口上。從此聽不見他心裡壓著的無數祕密，也看不懂他猶如摩斯密碼般的諸多行為。

離得最遠的時候，他自己打理三餐，不跟其他人在同個餐桌；生病了，也只是請我偷偷幫他打電話去電臺買藥。訂了一、兩次藥，又被告誡不能幫他亂訂藥。含糊地拒絕時，卻惹得他不滿地說：「無效啦，養那麼大，也不會幫我的忙。」

那些無謂的爭執，多讓我想起被關進籠裡的狸，牠面向困住自己的牢，常是露出尖銳獠牙，死命地啃咬鐵條。直至表面塗層掉落，從內裡露出的鐵鏽像是道無解的傷。

「時間是一切的良藥。」唱著各類偏方的收音機，有天忽然說了這句話。抱著這句神諭，當時有另一則新聞，特別讓我深刻。是失智癱瘓的婦人被家中的果子狸，狠狠地咬掉鼻肉，不止的血流差點害她賠上一條命。原本就容易擔憂的阿嬤，看了報導後，更不時地說牠如果跑出籠子，該怎麼辦。

沒有將牠送養給他人，阿公偶爾還是會切水果，叫我幫忙餵牠。但我卻一臉不甘願地，把食物快速地丟進籠中，隨即又坐回沙發，繼續追著未完的電視節目。想要獨立的欲望，被家族定型的形象：使狸與人喪失自由的種種一切，都指著時間根本不是萬靈丹。

只有薄紗般幻象，蒙蔽人的雙眼。等到另陣風吹起，才發現狸的消失，竟是如此輕易的事。媽安慰我，牠找到更好的主人。不知要回應什麼，那空掉的籠子，此刻僅關著我們經歷過的生活。

也沒想過房子有天會被查封。

掛在舅舅名下的房屋，被貼上黃色的封條。僅因出獄後的他，仍聽信朋友，選擇不踏實的險路。用融資成立高利貸公司，想剝開他人的皮，殊不知賴了一筆呆帳的是他。

看著門口上的封條，阿公先是逕自地撕掉它，後來聽家人勸誡，擅自撕毀封條會被捉去關，才又怯懦地貼回門前。但上頭的撕痕，始終無法撫平。

不敢撕掉封條，回家之路因此變得扭捏。阿公不敢再邀請朋友到家中作客，每次外出都像見不得光的蟑螂，就像那封條是貼在他的臉上。

媽第一次說這則故事時，我心裡莫名覺得好笑。但第二次聽見這則故事，卻是中風的阿公癱倒在床上，用含糊不清的喊叫，重述那些受傷的過往。

我從沒看過如此急著說話的他，就像埋藏在心底的話，終過了臨界點，而成為一座火山。試著噴發出多年的哀怨，但病後的聲帶卻已成廢墟，再怎麼努力，卻也只有陣陣擱淺的風聲，流淌在眾人的耳裡。

每次看見如此難過的他，我總是離得很遠。就像當初看受困的狸，我害怕太過靠近，從此跟著受難，而再也無法逃出那些過於真誠的苦痛。儘管我多想置身事外，但媽還是在每次離開前，要我去握一握他的手。

細細撫摸粗糙的手皮，上頭還有當年被狸咬傷的洞孔。我看著像是黑眼睛的疤，也正凝視我。但是當一旁的舅舅靠近時，無法行動的他，卻憤恨地扭著頭，不願跟舅舅說任何話。

直到大家準備離開，他才又改變態度，在孤島似的床上嚎啕大哭。

沒有解開他像是謎團的身體。

一家人再度團聚，是在不斷摺著蓮花的圓桌上。像置身於鵝黃花海，一群人若無其事地，談起阿公生前的往事。曾想養駝鳥，喜歡簽牌，會相信詐騙集團打來的電話。一人一則他的故事，像玩著百物語，我總在桌上幻想吹熄所有蠟燭之際，阿公就會突然地出現。

但等了幾天，先來的卻是火。法師在一旁喊著，從此無病無痛。清空家裡的空藥罐，試著忘記他偏執的病，忘記他為了做好不讓人擔心的長輩，寧可透過朋友，換得一匙又一匙，把痛藏起來的偏方。

有親戚說他很傻很頑固，為什麼不多依賴家人一點。

在彼此的沉默中，火來了，囚禁他一生的身體，終也剩下無數破碎的黑骨和睡在鐵盆的白灰。法師要每個人輪流撿骨，身穿黑衣的葬列，伴隨著低掩的哭聲，前進，撿拾他最後留下的殘塊。少了血肉，第一次見到的人骨，沉默地躺在眼裡。用著鐵夾，輕輕取了一塊。沒有放進甕裡，我仔細用眼神打磨，他那始終不肯見人的內裡。

餘光中，後頭的表弟似乎有些不耐煩。又停了幾秒，得不到任何安慰，手上的骨，才終於放進另一付寂靜的身軀。葬儀社說，它具備良好的耐摔功能，即便碰到大地震，也不怕摔到地面。

那樣接近永恆的承諾，在他顛沛的生命之後，總顯得格外寂寞。

一人撐著傘，一人領著新的他，坐上前方的車。跟著習俗，遇到橋，便喊著：「阿公過橋囉。」不管平時是親的，還是不親的，此刻的愛就像共產制，多的補上少的，沒有人是不愛他的。

處在平等的愛裡，搭上晃動的車程，送他最後一程，比我經歷過的任何一場夢都還要像夢。

我不知道，當時為什麼始終沒有哭泣？

而問題放久了，也無法如願想起了。於是當我在校園裡，再次看見果子狸時，第一時間也只是想起了他養的狸。等狸發現我，而後消失在崇高的樹冠。我才記起，他那不愛說話的身體，早就被查封在時間的封條中。

也有一回，我無意中看見飼養果子狸的頻道。看著飼主在影片裡，分享狸需要的空間，是狗的三倍大。選擇放養，狸仍保有一定野性，即便耐心陪伴，還是有可能被牠無意咬傷。但螢幕裡的主人，卻能抱著豐腴的狸，像抱著布偶般，細膩地流露彼此間的感情。

不同於阿公豢養的狸，處於籠裡的牠老是神經兮兮，對每個人都不願親近。站在籠外的他，常是沉默地與狸對視，眼神充滿不明的惆悵。

很久後才聽家人說，阿公以前很喜歡吃山產，曾帶回來的狸寶寶，其實是要養來吃的。但養著養著，卻養出了感情。可後來因舅舅缺錢做生意，沒錢的他只能賣掉狸。不幸的是，當時 SARS 大流行，果子狸正好被誤認成病毒傳播的元兇。送走身價大跌的狸後，外公偶爾站在狗籠前。不願收拾牠留下的空蕩，他長期惆悵的背影，多帶種說不出口的虧欠。

關掉狸的影片，再次地送走他。

或許，背負在他身上的父親形象，本身就是過於狹小的籠。關掉他的沉默，一隻孤獨的狸，迅速鑽進時光的樹叢。我卻是在牠消失後，才緩慢地想起他。

遺疤

一年三百六十五天，總有那麼一天是誠實的。

那天有豔陽，天空綿延成無盡的藍。沒有雲，沒有能遮蔽的謊言。所有事物，都沐浴在相同的熱裡。

我們在家門外，風不停吹亂想說的話。只好閉上嘴。她不知從何時起，便裸著半胸。瞥見時，那道傷後的疤，成了她的第二張臉。我們相望，卻不記得上次如此，是幾個月，還是幾年前。

眼前有許多朦朧的話，我至今仍無法承受。所以幫她推輪椅，行走，到附近繞圈。看著沙塵伴隨碎語揚起。眼睛飄進了關心。十分刺痛。我揉了再揉。

再度睜眼時，她已從椅上站了起來，依舊裸著半胸，那為了裝心導管所開的疤痕，不再是臉。一個斷流的河道，再也不需要任何雨。我觀望，而後問著：「還痛嗎？」

夢向來拒絕偽善。

爬起身，洗臉刷牙。看著鏡中那疲憊的面孔，我想我真正想問的，是妳後悔過嗎。

但我沒有。也沒有夢見健康的她，或許再現病樣，對我比較輕鬆。不用想新話題，只要持續繞圈，同生前最後那刻，將她當作任人擺布的偶。

躺在病床，身邊的人來來去去。主要的照顧者，是嫁出去的女兒們。她住在附近的兒子，只有偶爾才會攜家帶眷，進入病房探病。一群人嬉鬧著要她起來，跟大家聊天。病痛的她，睜開眼，又昏昏欲睡。沒能展現孝順，他們接著碎嘴說：「病人一直睡是不會好的，要多起來跟人互動。」

我媽她們臉色難看，卻什麼也不反駁。

那般沉默，如同病危那晚。我在電話裡，只能聽著另一頭，漲出一片海。

潮汐的聲音，淹沒太陽。隔日，同樣的電話，我依然沒能出聲。只是隨便拿了幾件衣服，前往車站。沒買到坐票，蜷在車門口的我，像一顆正在練習悲傷的石頭。

回到花蓮，已是晚上，媽媽要我跪著走進靈堂。說完晚到的原因，看著冰櫃的她，面容浮腫。補上濃厚白粉，鮮豔口紅。三千煩惱紋，已隨時間腐化成另個無憂的人。

接連幾日，我都忙著摺些法事蓮花。

舅舅一家人鮮少過來幫忙，但卻在法事敲定之際，吵著要換師父。捨棄掉葬儀社專業的服務，新來的法師是舅媽娘家的親友，他不負責祭品準備，對儀式細節也交代得模糊。

我們忙了七天，才在最後的告別法會，看著舅舅一家，一臉悠閒地帶著狗出現。

他們簡單點了點頭，其中某人說了點話。

法會準時開始。領頭的法師念經，那隻狗也跟著吠。這些聲響混雜著沉默，終得圓滿。苦著一張臉的媽，欲言又止。

一道全新的傷，嘗試說話。

聽著她承受的誤會，測量那道不在肉體上的傷，一股哀傷的恨意隨著臍帶，緩慢地流進體內。那是一條河，無論我說什麼都沒法修補。

所以繼續收拾遺物。打開她沉默的衣櫃，也像是開棺。愛漂亮的她，早隨一件件花衫，葬入家族的土。

在這之前，我們總是善忘。讓她打掃、煮飯，處理家裡一切庶務。一身扮演究竟是致敬妻子，還是母親。我們從未過問她的理想。只是在意外中，看見她意外滑出生活。才終於在那底華美的棺裡，想起些什麼。

我記得小時候，常跟她一起去市場。

在買菜前，我們總先逛衣服攤。看見喜歡的，都先殺價。被砍掉的價差，最終成為餐桌多出來的菜。有時的粗茶淡飯，也多是她失手，買了太多。

阿公曾訓斥過她，說衣服有就好，不用一直買。那時的她，不像阿公已無工作。尚有兼職的她，把話聽一半，只在之後的血拼裡，把新衣放在塑膠袋，再藏進麻布袋。要我提好，不要被其他人發現。那是很好的謊言教學，真實總被包裝，再被包裝。

像是俄羅斯娃娃，那些也都是為了家，不斷穿上新的自己的她。

阿姨們，各自拿了幾件碎花襯衫。

在還未合爐的遺照前，說會好好照顧舅舅。那些愛，奔馳著大霧。霧裡的她，被臍帶懸吊在家的上空。

掙扎的腳，跳著慈母的舞。那時剛出獄的舅舅，不說自己從事的工作。每個月，也總是有那麼兩次，打給她，說自己缺錢生活。但不能匯款。於是在週末，我媽常是開著將近兩個小時的車，載她到約定的麥當勞。

他從未準時到過。等待的我們通常只點一份餐。在吃了一、兩根薯條後，我跟弟弟便被放到兒童遊樂區。那裡沒什麼好玩的。我們常常是呆坐在地板，讓時間靜靜流逝。

好不容易等到他，匆忙走出店外的她，不到一分鐘，又苦著臉回來。

那是沒有盡頭的短旅。不斷來回的車程，形成迴圈。圈裡的我，不解她們的想法。缺錢，不能到租處面交，不能匯款，許多細節都能拼湊出真相。但是她們卻連一句責罵，都不忍說出口。

穿著日漸樸素，她俗爛地像電視劇常見的苦命女主角。

還年輕的我看不懂，沒有底線的母愛是件多珍貴的事，只覺得慈母多敗兒。於是有那麼一個深夜，趁媽外出不在，我鼓起勇氣講了一段話，於結尾甚是振振有詞地說著：「而且如果妳總是幫他，不就讓他沒辦法反省成長嗎？」

她沉寂許久，才緩緩說道：「那是我的錢，而且你跟我們不同姓。」

隔沒幾天，接到電話的她，依舊帶著錢出門。

那日是晴天，無雲的天空漫延著沒有邊際的藍。全家人呆坐在麥當勞的座位上，沒有說話，只在他拿完錢後，看著陽光消失於遠山，天空終是回歸陰沉。

佛學說，每個人都有自己要面對的業，可某些業卻是與生俱來的，如家庭共業。流著相同的血，但走在成熟的路上，我只能練習把沉默放上愛的虛偽天秤。

行駛在漸暗的路上，疲憊的我們隨意找了間便宜的小吃攤。店內沒有其他客人。斑駁的鐵桌，浮著一片油。媽媽拿起桌旁的紙盒，卻怎樣都擦不淨桌面。

有些年紀的老闆娘，端上我們點的餐。沒有精神的軟爛燙青菜，嚼起來如橡膠粗糙的豬頭皮，還有油到像湯麵的乾麵。阿嬤夾起碗裡的它，吃了一口，緩慢地說：「這麵煮得太軟了。」

多年後，讀到胡遷〈獵狗人〉的結尾，老父親面對兒子提問的「我們還要活多久？」，也只是裝聾地回了對麵的感受。

我很常在沮喪的時候，想起這則小說。比方於經歷一日的勞動，忽然接到媽媽來電說，舅舅稱生意無法周轉，要再借兩到三萬。

每個月，每個月，都是那樣自然地借。一年下來，有將近一半的工資都被他借走了。

「我該怎麼辦？」媽畢竟不是她，但也不是心狠的人。我跟我弟常常回著，就不要借他就好了。可媽無法。更拚命地向外接案，換得更嚴重的肘傷。

「肘隧道症候群」這學名搭上要多休息的醫囑，聽起來就是哀傷的箴言。明明世界充滿光，但家裡的女性，無一都走在漫長的隧道裡。拚命勞動所賺來的成果，卻被家中男人不斷奪走。

疾病向來鑲嵌在個人以外的結構裡，大則社會，小則家庭或工作。無法放下舅舅，媽困在那重複的傷害裡。

我不想她繼續受傷，但至多也只是動著嘴，像鸚鵡般碎念著：「你可以選擇不要幫他。」

那終究也是種傷害。

媽說，因為是一家人。那種想要顧好家的心情，就像當年主持法事的司儀，站在臺上，獨自複誦著悼文。說她是好太太，好媽媽，一生無怨地都為家付出。她確實很好，但缺點就是太好了。

一行人就這麼把它當作崇高的稱讚。無人反駁，而跟著沉默的我，看著其他人，舅舅的眼裡通紅，那悲傷的模樣不像是謊言。或許他至始至終只是找不到一個正確愛她的方式。然後我想起那晚說過的話，自己也根本沒站在她的立場想過。

凝視事後的藍天，白雲，緩慢地把記憶，打包，再打包。

媽的眼神依舊凝重，心底或許還糾結著：「倘若我們強留她，那樣也算活著嗎？」我對這問題，沒有太大興趣。站在靈堂前，想著她身上的傷，還像是河流經過我媽，再經過我。

那道被父權割裂卻始終沉默的傷，便成了一片如霧的海。

海是天空的鏡像，把現實折射成夢。

看著病後的她時，我們傷口相望，卻像兩個擦肩而過的陌生人。

沒說出抱歉，在把痛的疑問拋出後，場景卻換成了老麵店，我們靜靜地吃了碗麵，彷彿什麼事都沒發生。

醒來後，撿拾夢的殘骸，昨晚爭吵的狼煙，還殘餘在房間裡。

我想這大概是做夢的緣由。

不願媽的勞動成果總被佔據，我自視聰明地找機會詢問她：「為什麼要做到這種地步？當時他們家，不是有人責怪妳們沒有人性，才放棄急救的嗎？」

最終也是沉默，而我們不說話的樣子，簡直就是另一場哀悼。

或許在夢裡，我該問的也不是後不後悔的問題。畢竟失智的她，早在臨終前，忘了兒子，卻記得其他女兒。這番記憶的魔術，倒映著這個家的實相。

我媽最後說了：「當時並沒有人說過那樣的話。」

我啞口無言，也不知道該如何繼續吵架。

記憶是如此地不可靠。祂如夢似幻，也隨著人的欲求，隨意剪裁自身形狀。在她和媽的心裡，關於他的形象，總是我這一生都無法釐清的模樣。

掛掉電話前，媽說自己也曾走投無路過，所以深知借不到錢的痛苦。

明明自己也是如此活過來。但還是說了無謂卻高高在上的告誡，彷彿她們總是無知，總是由沒想清楚的感性，生出充滿荊棘的矮叢。

後知後覺的我，輕碰她們長年的絮語，手指滑出一道長紅。歉意有時是故作聰明後的反彈。感覺疼痛，但我只能沉默，畢竟這世上，連疼痛的模樣都有個標準規範。只能獨自凝視指上的紅，看它別於冷漠的藍，總在人類史上，和愛有著緊密的想像。祝福與詛咒總是雙生共合。可談到愛，我總是拿得太多，卻懂得太少。

抱著淌血的指頭，所認之處亦盡是傷口。傷口裡，緩慢爬出的幽靈，男性結巴地說教著。沒有更深入的辯證。我們認真受傷後的疤，至今都是張殘缺的臉。

銜尾時刻

過年前，我換了工作。

由於新公司規定薪水要用郵局轉帳。我才發現自己的帳戶，被挪以保管阿嬤的遺產。

沒拿回提款卡與存摺。每個月，我總是在收到公司寄來的轉帳單後，又輾轉委請母親將我應得的薪資，轉回我慣用的戶頭。

有次，母親在轉完帳後，說遇到我以前的朋友。兩人簡單地聊天，朋友最後讚美我很孝順，還願意讓媽媽管薪水。

我記得那朋友。他小時候很喜歡日本動漫。為了宣傳喜歡的作品，也曾神祕兮兮地要我在晚間，轉到某臺，說有好看的節目。

見我露出疑惑的表情，他還補述是有點靈異，會是我喜歡看的類型。

結果轉開是《犬夜叉》。

畢竟是容易寂寞的年紀，當時的我並不是特別喜歡裡頭的劇情，卻仍持續收看。

每次看著主角費盡心力，蒐集四魂之玉碎片。稍有成果後，卻又被奈落全數搶奪。有時想想，沒有保管能力的主角，只是放任自己想行使正義的欲望，實質也是協助反派的共謀吧。

而反覆重播的影集，如同長生的本土劇。聽比看更重要，陪伴也比理解還重要。就這樣散漫地追到最終篇，我的想法才有些改觀。

劇裏有個角色，叫做神樂。原型是風，但因心臟被奈洛掌握，做起壞事總流露不情願的眼神。在後來的背叛裡，她別於其他貪得權謀的反派，純粹只想要取回其心。但最終卻是死亡還給她真正的自由。

而我對該劇的印象也停留至此。

隨著歲月增長，動漫的集數長度，不再像過往冗長。一季十三集的幅度，限縮製作方對劇情推進需有更嚴謹的控管。作品也難有如散步般的氛圍。

那是種成長痛。後知後覺的自己，也總是在失去後，才感覺一切都難以找回。生活在他鄉，偶爾在一人的午後，我半開著窗簾，只有微弱的餘光，輕輕碎在書桌、地板，聚成一處處亮白的寂靜水窪。

在那樣的日子裡，我改追網路推薦的《進擊的巨人》。劇裡對自由有著更深刻與繁複的辯證。從一開始嚮往走出城牆的自由，到後來發現還有島外還有其他敵對的國家。想得到自由，終是要不斷付出代價。

「獻出你們的心臟吧。」這貫穿整部作品的經典臺詞，恰巧與想要取回心臟的神樂，形成微妙的對比。

《進》以國族為單位，著重於得到自由必伴隨多數人的犧牲。《犬》的神樂則相反，她背後沒有厚重的歷史幽靈，心境貼近常民，也如社畜，總為了自由，臣服於小惡小善之中。

說起來，我也是出社會後，才體會到自由是如此飄渺而珍貴。它作為現代人極力追求的價值之一，卻與資本主義有著如光似影的共構關係。人類從奴隸制解放，看似擁有無限的時間，卻必須透過勞動交換生存所需的資本。

不斷地生產，不斷地追求最大利益。

每日都要從這信念逐成的體制出入。但養活我的工資，卻多了道手續。

在掛上電話後，當薪水情事，赤裸地攤在他人眼裡。一股不舒服感，像紙張劃開指頭。雖不見傷口，但確實有種不舒服，就擺在那裏。

說要擦藥，也有些做作浮誇。只能假裝沒事，繼續回到自己的生活裡。拿起吸塵器，吸除地板的灰塵。再把幾天的髒衣服，也丟進洗衣機。看著租處從混亂裡，重新找回秩序。

那是要享受生活，必然付出的相對義務。而自由也是如此。但在現今，卻不是每個人都有如此覺悟。我曾在社群上，見著一位失業已久的網友抱怨著，父母見識淺薄，不願意拿出更多金錢，贊助他實現文藝夢。

那著實令人悲傷。當一個人過度嚮往自由，連該付的責任都視為不該存在的枷鎖時，就必須有另一人默默付出，犧牲自己的自由。

我沒想過才把心借給母親沒多久，她卻在電話一頭說道，遺產都被舅舅借走了。說是想要重新創業，所以租了農地。少了遺產，日後家族聚會與祭祀的費用，肯定落在母親身上。但當我拋出疑問時，那兒只留下這麼一句話：「親人之間，不能這樣計較。」

每個月，母親和繼續跟其他姊妹，定時把錢存進我那顆被母親握住的心。說是要存另外的家族公費，幫助有急需的親友。

但我們都知道那說法，背後真實的用意。為了幫助舅舅，母親也曾咬著牙，把名下唯一的車子拿去貸款。那是段坎坷的歲月，我、弟弟與母親縮在狹小的房間。沒有良好的隔音，我們時常在半夜，聽著鄰居大聲打著麻將，

於隔日上課，打盹著昨晚沒做完的夢。也為了省錢，我時常是不買早餐，在課堂上餓著肚子，等待午餐。

課業多少有些退步。一切又被歸咎在不夠努力上。

隔沒多久，舅舅仍放棄一時興起的小本生意。

後續開高利貸公司，搞到所有銀行帳戶都被停用。也因酒駕，導致駕照被吊銷。而他從未放棄做夢，更是在最近一次創業裡，把弟弟的存摺也借走。

他不介意那是誰的。母親也覺得家人就是要互相幫助。

不管弟弟之後會不會被當成人頭。當我說出自身的疑慮時，母親無奈地說著：

「我這樣做，只是想幫助我哥哥。」

「我也是為了弟弟才說話。」

明明都是為了這個家，但無數言語交錯，像是子彈，在彼此身上開出失望的瞳孔。停頓，也如同拆解未爆彈。所有未受傷的，都早在最開始，就已悄然死去了。

「但我的姊妹都無法幫忙。」她最後留下的話，是征戰的幽魂，也是只哀豔而脆弱的蝶。牠短暫地掠過眼前，卻什麼也沒真正留下。

為了解決這遺憾，媽在我新年回家時，曾問我怎樣才願意放下成見。

那時是深夜，窗外傳來夜鷹的叫聲。我拿起遙控器，不斷地瀏覽各式電影。大多新出的賀歲片，光看片名似乎就能聽見笑聲。一群人笑得燦爛，彷彿來到沒有煩惱的豔陽海岸。

這適合現在的我們嗎？找不到一個定點。無人說話的客廳，只有夜鷹宏亮的追追聲。它劃過我的耳膜，成為寂靜的一道傷。

我看向媽日漸衰老的臉龐，也說不出真正的原因。

沉默，風輕輕捎過煩惱的人們。

隔天，我打開電視櫃的抽屜，裡頭滿滿的相冊。拿起其中一本，翻閱，陷入回憶的流沙。一群人懵懂地笑著，那次是去採番茄，一行人為了省錢，總是摘一顆，東張西望地找尋機會，再吃進一顆。不管農藥或是灰塵，髒成一塊的彼此，臉上盡是天真的表情。

翻到另一本，這次是去牧場。進入青春期的我們，站立的距離增加，笑容變得靦腆。牛、草原、沒有太陽的天空。那是一種諸神的黃昏嗎？

那一整櫃的相簿，此刻正掩在現實的塵灰中。

拿起抹布，緩慢擦亮一切。

為了迎接新年，招待許久不見的親族。整頓家裡，也準備一桌好菜。坐上圓桌，彼此的口舌像鐘那樣擺動。一些問題，也隨著菜餚移動，讓人暈眩。

「讀完碩士，薪水應該會變很多吧。」

「文組跟理組還是有差。」我小聲地說。

桌的對向一陣大笑。我當時不清楚那笑的意涵。只是在多年後，在現實，在網路上理解：「現代工作的薪資高低，更直接的決定因素不在於能力。販毒、直銷、博弈，這些拉人走入深淵的工作，高風險，卻能帶來更多的財富。」

關鍵只是在於自己的心能不能接受。

闔上那被羈押入獄的，舅舅的小孩。闔上回憶之櫃。明明從同一處土壤發芽，向上的枝條終是岔出各式不同的道路。

就像《進》的結尾，崇尚自由的艾連，站在始祖巨人所在的座標，前方像是系譜生出的樹，擺盪沉寂的極光。

我們終將是自由，或其他事物的奴隸。

一行人祭拜完祖先，坐在客廳，關心表哥的女兒。說是今年終於上了幼兒園，個性內向，不太敢跟同學說話。

「如果被欺負，就要立刻打回去。這樣才不會被人看不起。」表弟開心地補述。現場陷入靜默。

散會後，我心裡煩悶。

愛，一旦被識破，只剩下醜陋的外衣。在他們離開以後，我的抱怨如洪水，沖刷沉默的母親。得不到想要的答案，最後我脫口說出，不想再借你們帳戶，之後會去郵局直接辦理遺失。

媽仍舊沉默，沒說出煽情的話，也假裝沒事，繼續編織客人訂購的手工藝品。我隨意播了部沒興趣的電影。

直到夜更深，收起織品的她，小聲地像對自己說話：「那……怎麼辦？」我聽不清楚。

那個晚上，我徹夜難眠，內心充滿著虧欠。

其實我也並不是想要那樣傷害她，只是我好像除了傷害她，始終無力改變這家腐壞的部分。

新年之夜，不知為何擱淺成黑色方舟。

綿長的漆黑卻適合後悔。我睜開雙眼，看著空無一物的天花板。難得回家一趟，最終為何會演變成那樣呢？

夜鶯持續鳴叫。我想起舅舅，想起表哥，想起新生的表姪女。那血液流通的詛咒。階級，踏踐在她身上的姓氏，不知道長大後，會不會被法官錯念為罪。

「如果不借錢給他們，那個小孩該怎麼辦？」母親是這麼說的嗎？

夜晚持續在低鳴，那為了傳承子嗣的鶯，把謊言唱著宏亮的歌。生命創造生命，而被創造的生命，又何其無辜。

我想逃。尤其是在見過那被當成名牌包炫耀的她。

但在漸遠的奔跑裡，媽的身影卻不斷浮現腦中。她抱著受傷的手腕，依然不斷地為這個家勞動。

愛有時是那樣可怕的詛咒。

直到天光刺破窗臺，我躺在床上，聽見木門嘎嘎地打開。飲水機落下稀落的水，再來是掃把刮過地板的碎聲。母親的一天即將開始。

別無選擇，我捏著自己的手，假裝沒事發生地走出門外，說了話。把心再度讓渡的時候，我們又回到原點。

搭上離開的火車，家鄉漸遠成矇矓如霧的風景，我掛念著那漏聽的主詞。

它隨著車子的擺動，鏗鏘成穩定的空洞。

我想起在回鄉前，曾與同事聊到家裡的瑣事。

「但家庭應該是你媽媽心中蠻重要的價值。」她那樣說。

細細捧著這句話，我想著，倘若舅舅總不是負債累累，她那看似愚蠢的不斷付出，是不是就變成了難得的美德？

但我不懂。或是在那空缺而寂寞的尾音裡，母親極其一生信奉的價值，自成一片無人知曉的宇宙。

自由，模仿根系不斷生長。地平線下，無人知曉邊界的荒漠，正呼吸著。

再次地把心留在家鄉，車廂門口來了一輛販售推車：便當、咖啡、茶。身體有種原始的渴望，但我始終沒有作為。

那也是一種自由嗎？

沒有答案，體內的器官搖晃成啞去的房。

我逐漸闔上雙眼。列車搖晃著地鳴，空中沒有再更自由的風。身處的一切持續前行。

母親，像始祖巨人的母親，仍扛著捏塑家的沙石，那樣沉默地行走。而我跟著她身後，走回原地，才驚覺，那些找回心的旅程，最終僅是吞掉自己尾巴。

我有些難過，在看透一切的銜尾時刻，我閉上雙眼。

輯二——顱骨上的荒原

曾攀上塔，妄想摘下其中一顆星，為它編織漂亮的冠冕。但遺留在顱骨上的，卻是荊棘桂冠。那是象牙塔裡的日常，美好與不美好總是同一件事。

支點上的塵蛹

研究室的牆上，突然長出一枚衣蛾的蛹，灰灰的，若不仔細看，還以為是脫漆的牆面。蛹裡空無一物，住在裡頭的蟲子，不知道去了哪裡流浪。朋友說那掛在牆上的蛹是衣蛾用灰塵與毛髮織成的。在他說完之後，研究室只剩下零碎的打字聲。我突然發現，這裡也有個人正在用自己的生命，結一個文字包裹的蛹。

發現灰蛹的前一天，我與幾位之前在一起工作的同事，偕同去了麗寶樂園。裡頭有個男生，叫做任，白白的，長劉海，一副書生樣。本來他是不想來的，但後來還是被女朋友拖著過來。據他女朋友說，任什麼遊樂設施都不敢坐。但他仍陪我們玩遍了每個設施。

那天最後，我們決定用地心冒險結束這一趟遊樂園之旅。任看著斷軌的雲霄飛車，從一頭的高空接至另一頭的軌道，俯衝而下後，直說著自己不想玩。但後來仍擺脫不了女朋友的撒嬌，答應跟著我們上去。

在排隊的時候，任很精明地看著地心冒險的位置，說等等要選一個好位置。我問他：「什麼樣的位置會是好位置？」他凝視著遠方，緩緩地道出：「支點上的位置。」

另一個叫蛙的朋友問他：「為什麼支點上的位置是好位置？」「因為不作功，所以接軌的時候不會位移。」任憂鬱地說。

於是，那天的最後，我們便在短暫三分鐘的升天，然後一路墜落，衝向平凡無聊的日常，回到了各自承載自己的支點上。屬於我的，是一間慘灰的研究室。而我的位置在靠門邊的桌子，旁邊只有一個人，其他人都在走道的另一頭。很多時候，我都覺得自己在某座孤島上漂浮。自身漂泊在獨身自語的離群邊界，隔著一道淺淺的海線，凝望人群背後的遠方。

後來我學著《浩劫重生》的主角，也撿了些什麼畫上自己的靈魂。曾在一頂老舊的斗笠上畫上三大家，掛在右手的檯燈上，每天都可以選擇要點馬克思、韋伯或者涂爾幹的光明燈。左手掛著年輕馬克思的照片，企求左派青年能來這兒，添個香油錢，求資本主義的毀滅。

桌子前方則放上我在東協廣場撿回來的許多玻璃瓶。那是移工喝過的酒。它們在在我的孤島，透著一種寂寞。那是豢養在玻璃裡的鄉愁，是我眼裡的光無法看透的。也在瓶上掛上幾株稻禾，象徵自己的名字。孤島藝術村便這樣悄悄誕生。

只是當我從麗寶樂園回來的隔天，許久沒清的灰塵卻在藝術村上開成一朵蛹。蛹裡的誰，卻早已不知道逃到了哪裡。在他重新誕生的那天，我剛好缺席。我沒有把那個蛹清掉，反倒把它當成新村民，並覺得那是一張正在等候誰回來的嘴。

等候什麼的夜晚，總是多夢。研究所裡，有學姊研究夢境。我時常會與她分享最近做過的夢。把友誼建立在夢中。所說的話，也都搖搖晃晃的，像是深山的吊橋。我在上頭，倒也想起最初與她熟識，並非靠著談夢。

那是個爛醉的夜晚。剛升上碩一的我，修著一堂從黃昏走向深夜的課。每逢下課，我會與其他課堂的人從漆黑的社科院，一起被沖刷到許多不知名的餐廳上。

我們常搭著學長的車，去到學校附近的熱炒店吃飯。那晚，正在當官的他，有事來找其中一人。

我們陪他吃了好一陣子的飯。他很有禮貌地向每個在桌的學弟妹一一敬酒，取而代之的是身為晚輩的我們要向他回報自己研究的主題。輪到我的時候，我照實回答，目前正在朝移工文學進行研究。

學長們同時大笑，他那時說了什麼，我全都忘了。只記得他丟了半瓶的酒到我桌上，然後乾掉他手上一杯的酒。我跟著喝了兩口，便覺得肚子的氣泡快要衝破我那疲憊的嘴。於是擱淺，在那張知書達禮的餐桌上。所有目光都在等待，等待究竟是酒瓶先被乾掉，還是我先被幹掉。

在那一陣尷尬之中，學姊緩緩地對我說：「喝不下就不要勉強了！」然而喝醉的他卻仍然催促著。隨後，看不下去的學長替我擋酒。他覺得掃興。失敗的我走向廁所，望著鏡子，任沮喪爬傷面容。

回到座位，兩人出去外頭抽菸。坐我旁邊的學長說：「沒事了，他們出去喬完事情，就會走了！」我什麼也沒有回應。

「沒有酒量，還是要有酒膽。」學長繼續地說。我獨自緩緩乾掉杯裡剩下的啤酒。以前喝酒，只為了快樂。但成人的酒，卻含有另種苦澀。

那天之後，我仍然繼續研究移工文學，偶爾也會把有趣的夢記下來，送給學姊當作她的研究資料。什麼都好像在前進，什麼也都好像不再前進。

在碩一升碩二的那年暑假，按照傳統，所上的大家都會一起同心進行大掃除。但是在約定當天，卻剛好遇見颱風，整間研究室便因此堆積了第二年的灰塵。

坐在髒污裡，我常想那或是種社會系學生發起的資本積累。

那些灰塵也爬滿研究室裡的藏書。

文化與政經的書籍，各自形成一排排的髒牆。隔開自己與鄰居的視野。我曾與另一位研究室的朋友談過：「活在自己隔起的書牆裡，不會覺得很有壓迫感嗎？」

朋友只是淡淡地說：「你想太多了。」

也許真是我想太多了。學姊的桌子沒有書牆，僅有手工的乾燥花，與養了很久的茶具。我常常會走過去找她聊一些關於夢、關於文學，關於電影，那些輕飄飄的，不帶任何經濟價值的字句。

在夢裡，我們說過的話都一閃一閃的，彷彿螢火。但在夢的盡頭，它們卻全都墜落在瞳孔深藏的黑夜裡。只是很久以後，學姊才故作幽默地向我們說：「他們叫我不要再搞有的沒有的。」「搞文學與藝術都是不食人間煙火的。」「做政治或者經濟的研究才有出路。」「不然搞這個，還要讀多少年才能畢業？」

我不知道該怎麼安慰學姊，但仍說著：「沒這回事。」而另外一位朋友亦說：「他們只是當笑話隨便說說而已，不要太在意。」

但這個笑話始終太艱澀難懂。我覺得學長們一定是讀了太多理論書，所以忘了在講好一個笑話前，提醒大家「笑點準備來囉！」好讓我們能在適當的時刻，陪著他們一起狂歡的笑。一起笑著典型男性知識分子，難得說出口的笑話。

然而我們誰也沒有為文化或者藝術做更多的辯解，還是站在搖搖晃晃的位置，說出來的言語也都搖搖晃晃的。說得太多，自己可能也會掉到某個深淵。

我突然想起那個爛醉的夜晚。

政治背景的學長們究竟到了外頭談了些什麼？在那天之後，適應不良的我們，早已造好了自己的船，等著逃離孤島的那天。後來，有一位本來研究小清新音樂的學長，因為論文難產，而能投資的時間有限，所以轉向研究家族企業。誰的一生都如唐吉訶德，緊握社會學家，胸前正統的騎士精神，一生都為功名利祿奔波，尋找誰的風車怪獸。

只是最近有著政治背景的學長，亦是愈來愈少來研究室。位置空在研究室裡好一陣子，其他學弟妹只能去圖書館讀書。那寫著規定的組織章程，正被厚重的塵，掩埋在歲月之中。

那是新的灰色沙漠。

聽說很久以前，研究室放著更多政治與經濟相關的理論書籍。但是幾次大掃除之後，這些書籍卻開始被文學、藝術的書籍取代。那些政經的書到哪裡去了？那些正經的人到哪裡去了？然而這裡已經成為不再大掃除的世界。

我看著塵蛹靜靜地懸在我的面前。那蛹的缺口，也像一張欲求不滿的嘴，把走過的人都給吞了進去，一個輝煌的時代就這樣被吃得精光。

在一個安靜的午後，我亦加入鍵盤的打字聲裡，等著究竟是這裡的塵霾埋葬了我？還是我先逃離這塵蛹般的空間？

空氣巨象

很久很久以前，那時大概還有神存在。研究所的學長姊，應著神的旨意，親手用木頭造了兩大列的植栽箱。

箱上種滿了各種家用香草——薄荷、迷迭香、萬壽菊，它們都是未來的許諾。學姊說，春夏交替的時候，我們大家就能喝到有機的花草茶。植栽箱放置在研究室外的長廊，長廊之外是無盡的荒涼。

荒涼，一開始是無人的樹林。當我走進樹林後，所說的言語也是無人聽見的落葉。獨自一人的樹林，荒涼孕育著更多荒涼。但我仍然靠著長廊的欄杆，把荒涼的問題種成藤蔓。

藤蔓行走著苦難，一個偽善的信徒正在贖罪。我很常問著自己，究竟為什麼要念著人文科學的研究所。欄杆上開滿了斑斕的花。老早留在所裡的學長姊、教授們，都把學術的無目的性，說成一條崇高而漂亮的河流。

河流深不可測，沿著它走，就能擺脫蠻荒的林地嗎？河流泛濫成災，有時一不注意，就會被捲進沒有盡頭的暗流裡。河流，我親眼看見，有位寫不出論文的學長，沉進了它蔚藍的胃底。

河流是多麼殘忍，所以神才造了箱子。當河流沖刷著我時，我很常偷拔幾片香葉，在指尖搓揉出提前兌現的幸福。於是植栽箱們，都成了末日前的諾亞方舟。

兩、三秒的救贖，香草生命的極限。我常想現代人的救贖，往往是件很輕易的事。唐三藏要渡過七七四十九劫，才能取到西經，現代人只要一個Google鍵，所有應有的經文，便在眼前一覽無遺。

三秒過後，我又摘了一片迷迭香。學姊有時會問我，為什麼長廊的香草，長得如此緩慢。我藏起帶著香氣的指頭，假裝不知道地離開。離開，我也曾想拖著河流浸濕的腳，把荒涼跳成輕快的舞步。

我不清楚校園有多少人，也是苦難的信徒。但是當我把荒涼跳錯成更拮据的生存時，整座校園廣設了如長廊外的植栽箱。城市大概是大型的潮濕房間，一旦有人覺得什麼是幸福，所有城市的角落，都會長滿天使遺落的毛菇。

看著這些失去信仰的毛菇，我曾替他想過一個冗長的名字：頹廢的伊甸園——讓人幸福的城市農園。上帝大概沒想過，在百年後，脫離農園的人們，又重新地在背棄農地的水泥上，重新種回自己的意義。

於是這一長串的名字，不只種著對幸福的再次詮釋，也種滿各種農作物，辣椒、茄子、絲瓜。承諾忽然之間也變得好容易。看著它們，我亦想種些什麼，於是便在word上，種植飄渺的文字。想不出論文解答的時後，我也是一個Google鍵地，胡亂地找尋肥料。一片肥沃的森林，也在我房間盛開：兔腳蕨、藍卷柏、空氣鳳梨，這些植物都是夢在現實的芽點。

我朋友曾來過我家一次，當他看見我的植物時，很訝異地丟下一句：「別把藍卷柏放在床邊，植物會吸人陽氣的。」可是我真的太愛它了，所以在朋友離開後，我又把它放回床頭櫃上。

床頭櫃上，其實死過好多盆植物。這些植物以往都被我裝在玻璃瓶上，漂亮地獲得乾燥生命。沒有得到滋潤的生命，不事生產的研究生，我會不會其實也是這些植物的其中一員呢？

藍卷柏蔚藍的葉面，亦是一條沉默的河流。與以往空去的玻璃瓶一樣，都沒能活成一個答覆。我把它們全都帶去研究室。那時將近聖誕節，我想與研究室的朋友，親手種出屬於我們的聖誕樹。但我們所擁有的，從來都是匱乏。

匱乏也許最為接近神，最初我們是那樣想的。於是我開始向別人索求不要的酒瓶與酒罐。久而久之，倘若有人擁有多的酒瓶與酒罐，便會放在我位置上。

用酒精澆灌聖誕樹的日子裡，我時常一進研究室，先看到靈魂散盡的瓶身，橫躺在我讀書的鐵桌上。那些空空的酒瓶是誰喝完的？他們為什麼喝酒？我始終沒有把這些問題丟出，僅是靜靜地把他們全都綁上鐵梯的橫槓上。

畢竟自己是活得像黑洞的那種人。我常常和一群也是黑洞的研究生，在我們布置好的聖誕樹下，靠在長廊的欄杆上，看著樹上的廉價霓虹燈，他們每一次的閃爍，都是跟自己生命進行博弈。

我們也會買著特價的啤酒，在樹下討論不切實際的問題，比如生存的意義，對社會的貢獻。我媽有時會在這頹廢的夜晚，從遠方撥打電話，詢問著我的未來。

我支吾難言，每一步的敘事都是快熄滅的燈。我也想跟我的母親，分享關於我做的聖誕樹，卻仍把話懸成黑洞。所有的問題，最後伴隨著他人的眼光，匯集成一陣急著走過的夢，它們輕輕吻過我們的聖誕樹，樹上的酒罐碰撞著彼此，發出扣嘍扣嘍的乾杯聲，彷彿一個答覆。

答覆又指向什麼呢？當世界所有的問題都被解開，人們是不是就能蓋出通往神所在的巴別塔呢？但是在行憲紀念日與耶穌打了一架後，我們用酒罐蓋出的地基，又都再次被推倒。

我的論文沒能活過那個冬天，方舟裡的救贖也被曬成黃昏，所有的一切全都萎縮成原點。朋友說，他挺羨慕以前神話的英雄，至少還有明確的末日怪獸，等著被人打倒。我們現在的生活，還有什麼能打倒呢？

這些話在樹下，都串連出很漂亮的星光。它們有時紅，有時綠，生活的風向，老早把思想吹得遠遠的。我才忽然明白，尼采當年把善惡的彼端全都連成相同的那條海平線，現在只是無所謂地，被拿來當作紀念的燈飾。

這些從學院買來的燈飾，在生存面前，都只是奢華的玻璃瓶，我們從未擁有連結他者聲音的電氣，更別說支付昂貴的電費。只能任憑老闆在我們面前叫賣著：馬克思一斤五百，涂爾幹跳樓大拍賣，時下最流行的布爾迪厄，還有人要喊更高的價碼嗎？

早些年的朋友還會跟著喊高價格，但當年紀在他身上，也漩成一個避不開的黑洞。朋友只能放任自己，蜷成一條在螢幕前的蟲，積極地在網路上砍殺風車怪獸。我們究竟在對抗些什麼？

是某種讓我們內縮成黑洞的詛咒嗎？還是世紀末的空氣巨象？說來說去，其實我們連真正的敵人是什麼，都還搞不太清楚。但也不是每個研究生都像我們，也有些人能把自己活成飽足的太陽。他們善於把光都壟斷在自己身上，就能在下一次綻放，得到更多的目光。

我們就有位太陽朋友，他研究正義的命題，也總喜歡積極地幫系上的忙，再把這些接來的案子，一個一個丟給其他人完成，輕鬆地把自己活成下一個阿波羅。

左派還是右派？也不過是河床底下的昂貴飾品。河流，我想起學長在被吞下前，是這樣說的：「什麼都是假的，只有畢業是真的。」但即便如此，我與朋友還是尋找著，那一頭把我們踩成黑洞的，空氣巨象如今走到哪兒了？

在巨象踩過的腳印上，都市農園吹起了泡沫。那些人們留下的方舟，只剩下貪婪開成一片花海。朋友後來也放棄了，他不再說犀利的語言，他說我們該看清楚現實。現實也許才是淨土，許多左派的朋友，一個接著一個從方舟爬出，他們重新走上街頭，向陌生人兜售起保險。都市的遺跡，一種快要絕種的舞步；過往的人們，此在的幽靈，生活從來都是一場艱難的舞會。

城市，河流，不斷過時的敘事，一個荒涼的字眼，最後從我眼裡長出。此時，我才驚覺當初的植栽箱，其實是預言尚未降臨的墳場。這些植物，早在土裡隱喻著，多年後必然的死亡。

這些艱澀的語言，活成背骨的交換。母親後來又打了通電話給我，電話那頭，許多破碎的啜泣聲。她說外婆顱內出血，周圍的親戚不忍她在受苦，覺得應該要拔管。她說她不知道該怎麼辦。河流終於也淹成大海。大海輕輕吻過我的雙腳，濕透的指尖彷彿說著，留在荒涼的學院裡的我，從來都只是虛偽的任性。

周圍的人們來來去去。退潮，潮間帶裡都是生命的幻象，漲潮，空曠的海面，擺盪著釣著文字的論文。朋友說，他這學期再沒寫完論文，就要走人了。我說，你走了之後，要去哪兒呢？

沉默最後在研究室裡，盛開出一片野性的草原。當年快死的藍卷柏，很意外地活過了冬天。像極了現代的人們。再過不久，朋友會用什麼材料，填補心中的黑洞呢？沒能找到空氣巨象的日子，我躲回了昏暗的房間，一邊用著難懂的理論，縫補著經驗的屍塊，一邊想著關於朋友，關於我們未來的救贖，它們如何可能、如何不可能？

我還是想不出答案。生活是一頭看不見的空氣巨象，能繼續生活的年輕朋友，都是劫後的花草，兀自地綻放餘生的頹廢。

瓶中象

檯燈在搬離臺中的前幾日損壞。

我捧著它以及許多日用品，一同搬下租屋樓下的垃圾間。看著空蕩蕩的房間，這裡再也無人徹夜點燈寫字讀書。僅剩下空白的時光，伴隨夜晚填滿離開前的告別。

隔天清晨，我昨日丟棄的一切，竟在一夜消失得徹底。空蕩的垃圾間，一整個東海時光，不知在何時，也不知被誰，全託運到某處。那裡會是更好的未來嗎？一連串的疑問，隨著移動如花草，重新繁衍於世界。

寫論文好像也是這麼一回事，一個問題彷彿能連結出一個新宇宙。但我終究只能拿著細沙般的文字，在腳底堆出一座向天的小塔。等風輕輕走過，僅剩自己獨身站在，一片無人知曉的遼闊沙漠。

沙漠頂端散落許多絮語著神祕的星。

身邊許多朋友，以為伸手便能把星摘下。把星餵養一頭飢渴的獸，再為牠蓋起一座舒適的房。星空於是與人無關，只好重新繪製一幅星空於室內。這些把戲一旦看久，實在不知自己為何停留於此。

身邊少數朋友，也與我看盡學術的殘酷劇場。我們沒有逃離，反倒剝下身心的血肉，把論文寫成恆久忍耐的詩。在行與行的縫隙間，長出蒼白的荒原，所有蔓草都來自身軀。

心經常流著焦躁的火。當火吻過荒原，所有意義都燃成末日。有些人與火共舞，相信火神會賦予他們更好的未來；有些人則背離火，心裡念著關於逃跑的咒語。我們逃進ＫＴＶ的包廂，或者校園內的森林。緩慢地把歌與風景，縫進布滿空洞的身體。科學怪人堅強的心，是否能為一種成就呢？

這句問題，最後孵出白色小象。

我把象養在空心的玻璃瓶。玻璃瓶曾經裝過許多宇宙，它曾豢養苔球，所有不說話的寧靜，是山海贈與的恩賜。它也曾擺放稻草，在腦海放滿豐收的未來。可是玻璃瓶也養過火，是生存暫時寄放的。最後，空蕩的玻璃瓶，只懷抱一顆焦黑的心。為了不讓孤單進駐，我把象養在黑心的玻璃瓶。

瓶裡的白色小象，是劫後的走獸。我訓練牠說話，用來自宇宙盡頭的書。那些複雜難解的練習，在象嘴開出斑斕的蛹。許多憂愁的蝴蝶飛出，全被我燉成花俏的湯品。

蝴蝶湯，象青春的發音練習，全都釀成夕陽的湯底。街上的行人走過，沒有人願意花錢嚐鮮。那平白死去的蝶，在鍋底結出洗不去的疤。或許生存，我跟象在原點，就抱錯幻想。

在瓶底養象。

有些走得很遠的學長姊，鄙視地搖晃玻璃瓶。他們的象，早已死去，只留下無數個彎牙，建築迷宮般的高塔。高塔的頂端，正飛舞青鳥的寶藏。象那淌著海洋的眼睛，停泊老成的尋寶夢。

我與象翻遍圖書館的相關書籍，尋找前人留下的地圖。有些無關的書，被我撕成雪花，餵養象的夏天。夏日，我和象沒有所謂的假期。遠方的朋友，偶爾會好奇我究竟在忙些什麼？

為此，我把信寫成蟻窩，藏匿象和我的故事。但蟻群從未抵達遠方。見過生存的朋友，早在成人那天，把日常釀成洪水，降生在象的背部，眾多生靈因此死在沉默的水中。我與朋友對視，蟻屍的兩側是初生的星球。大爆炸源於神的掌聲。還未來臨的終場，是等待開動的餐桌。在備餐的刀叉落在象身前，我僅能拔下右側的象牙，雕築預言裡的方舟。

方舟停泊在象臉淌下的血，海是血水流過的港。一位長年看海的貓，慵懶地睡在骷髏堆上。骷髏的側邊是老舊的告示牌，寫著「此處是巨獸。」貓呼嚕地打了盹。

象從瓶裡伸出鼻，輕輕地喚醒貓。醒來的貓，揮發成紫煙。長煙環繞我們，迷離出飄渺的播放所，呢喃所有幻象的起點。它們兀自地逼問，自己是不是好的水手，腳下搭乘的是不是宿命的寶船。它們不被風吹散，這些言語最終都指向彼岸，裊裊地飄成多變的森羅幻霧。

這些煙霧沿著腳邊，凝結出磊石沉重的鞋。所謂監牢，從來都是自己綁下的死結。但我的象卻飢渴地把貓的煙，統統吞進牠的肚腹。

空蕩的港阜其實沒有巨獸。

只有一隻睡著的貓，邀請準備啟航的冒險家，與牠做場好夢。

不再做夢的日子，受傷的象，飢餓的象，在瓶裡的象，都讓病痛敞開無數個洞。我把虛無的日子種在裡頭。充滿血絲的眼，讓人啞掉的毒菇，還有渴望吞噬一切的嘴，全都盛開在象身。

我沒能帶瓶底象，前往更好的未來。回頭或是往前，自己的船早已漩進無聲無形的蜃氣樓。每日昏沉地起床，尋找前往遠方的線索，再把星空蓋成荒涼的被，等待重複的明日到來。

象的病痛被我棄在海無盡的浪裡，像不知會被誰收到的瓶中信。明日，我的船繼續往前，卻總在海面留下空白的簽名，成就相同的風景。未來，船航行的前方，是被巨人攤平的一抹白線。

那裏是否真的藏著象腦海的寶藏？

落日把海面染成一面無解的鏡。

航行期間，我忽然明白紫煙裡的呢喃，或許是沉入海底的靈，所能給出的最大善意。那些接近瘋癲的質問，坦露著己身的傷，卻被無數新手當作是懦弱的呼喊。

回頭或是不回頭？

象病懨的哭聲，吸引無數隻鯊魚尾隨，牠們是來自海底的親戚、鄰居。牠們前來等待。等待沉船，我象便能獻祭給五臟廟，慰勞牠們在海面下的勞動。

也許對鯊魚而言，船是飛翔在高空的聖鳥。這般神聖的想像，不過是神在造物時，產生的錯像。但鯊魚卻誤認船的價值，而把妒恨磨成尖牙，等待船殞落，像在便當店等待叫號。

所幸，擁有相同鯊群的船隻，會在雷雨中降下，所有生靈都必須休息的時刻，相聚。此時，我們會把自己的困惑捏成糰子，丟向彼方的船隻，告訴對方，我還活著；告訴對方，你不孤單。在所有安慰都完食後，航行的朋友不依戀逗留，只是平淡地說著：「每個人的寶藏，都在獨一無二的遠方。」

我們終究錯開。

所有短暫的交會，都是迷航難得的黎明。那樣短暫的光，是救贖，也是磨練。我曾見過有船隻因此害怕獨處的夜。

學術之海，便是如此殘酷的巨獸。

牠喜歡給前來挑戰的船隻，數不清無聲的考驗，隨即給一點甜頭，讓船隻再也無法於平凡的日常，多得前進的勇氣。於是停駛。在海的中央，有無數離散的船隻，它們害怕返航，也害怕前進。所有的靜止最終讓他們在海上，成立一座蓬萊海市。

那裡與世隔絕，發展著一套屬於他們的語言。新進的船隻，必得重新學習說話。那裡日夜狂歡，陌生的語言總是歌頌著新生的神。在派對中央，年老的船隻，正拿起所有資源建廟。

我不信奉文明的神，我只想找尋醫象的獸醫。這般純粹的想像，沒能讓我獲得神的通行證。海市喧囂的流言，於是成為貪婪的觸手，不斷地在我的船，劃出無數蜿蜒的笑。許多死去的象隻順著開口，漂進我的船隻。象對城鎮居民的意義是什麼呢？

船終是被吞噬得只剩下木板，上頭僅存我和象。我們病懨地漂出城鎮。途中，我拿著海上漂泊的剪刀，在牠身上劃開無數的出口。出口說著學術之海，其實已貧乏地不能給人什麼。但我究竟為何在此漂流呢？

我一邊想著這個問題，一邊拾起海面的象屍，把尚未腐爛的生肉，縫補進我象的空洞。我也把自己的心挖下，送給終日昏睡的象。有著兩顆心的象，會不會活得更好呢？

縫補的象不再說話，即便牠身上多出好多張嘴。在瓶中養起一頭象，訓練牠說話，再讓象豢養遙遠的夢。這些生存以外的餘裕，最後是不是用一句抱歉，就能換來沒關係呢？

沒有象屍飄來的生活，我所能做的是，把無數相同的光景，倒進象泛紫的唇。我也不斷做新的夢，接著把它們曬乾、剖開，取出內核的籽，種於象失焦的雙眼。這些日常的復健，其實也是無盡的漂流。

象沒有好轉，在牠貧瘠的身軀，最後長出按鈕般的瘤。我幻想上頭寫著「旅途的終點」，便伸手按下它。象的嘴隨即吐出許多七彩的煙。在煙霧散去後，我回到出航前的港口。貓依舊躺在夢鄉前，我的手上僅多了用象身縫補的心。

在回家的路途上，許多商店開始販賣象，街上的人們都有著相同的象。遠方是不是有著一座工廠，它們也是日復地生產相同的象。但象的原型又是被誰發明的呢？

落日在街的盡頭，前方也有無數的青年，在偶然之間孵出屬於自己的象。我走向光的盡頭，那裡不過是許多徹夜苦讀的深夜。這些夜晚最後僅在白紙印上「畢業快樂」。

那樣的祝福蒼白且孤獨，於是我拿起筆在字的旁邊，畫上一隻醜醜的象，牠伸長象鼻，把畢業兩字緊緊抱在懷裡。紙外的檯燈也伸出光，緊緊地擁抱它們。那層層的溫柔，會不會就是象的其一寶藏。

我望著滿載的行李箱，想起自己也曾在學術海裡，與指導教授抱怨，自己在這裡什麼也沒得到。但指導教授卻未曾慍怒，反倒是靜下心，溫柔地與我一同細數，我們究竟航過多少風景。

學術之海果真是深不可測的巨獸，我把這番回憶收進最後的夜晚。

檯燈在搬離臺中的前幾日睡著。

在離開以前，遠方飛來海色的鳥，牠靜靜地睡在我的行李箱。那樣安祥的睡姿，彷彿也對未來的我，說著：「無論如何，都要好好地照顧自己的心。」

潮間過客

稍微搖晃在超商買的罐裝啤酒，再找個安靜的角落，輕輕撫摸瓶口的拉環，像要刺探著誰的隱私，迅速推進再慢慢把話拉到最赤裸的那端。等鐵鋁罐吐出酒水，伴隨來的坦誠混著浪花泡沫，總讓人在壅擠的城市裡，還能聽見即逝的潮聲。

第一次發現此事的我，還沒有能力寫完一本論文，成日除了研究外，閒暇的興趣是和Z到租處附近的公園，兩人踩著滑步機，用力說著對世界的困頓。我們愈是激烈地呼喊，也愈是踩出激亢的步伐。可惜在說完滿腹苦水後，我們離開的只有那臺機器。

不說話時，我們會輪流吊著單槓，沒有夠力的肌群，晃在鋼條的顫抖呼吸聲，在試著往上攀爬後，伴隨墜落的身體，癱成一片躺在地上的嘆息。搞到滿身疲憊，我們才到附近的美聯社，購買從異國來的廉價啤酒。

在一切未明的夜裡，我們常常拿到和自己很像的酒罐，外表乾淨禮貌，內心卻充滿生氣。稍微有宣洩的出口，那從鐵罐湧出的酒水，順著路燈昏晦的光，連逃亡都顯得狼狽。

甩著手上黏膩的泡沫，Z常虧我連開酒都開不好，配合彼此苦笑，我們倒也不在乎，消失的酒水去了哪兒？

望著被浪潮短暫填滿的夜晚，我以為我們能喝下一片海。

但在夏日來臨前，Z卻突然說他要回臺北重新整理人生。

我感到寂寞時常常會打開酒罐，聽聽遠方的海隨意講話。那些液狀的字句順著喉舌，傾倒出救贖的河。我那貧瘠的肚腹，為此盛開鮮紅的花海。網路說，那些酒疹是體內對啤酒裡的蛋白質過敏。靜靜數著那些不健康的日子，複雜的紋路也彷彿沒有終點的地圖。

同住的室友怕我孤單，常邀我一起到客廳，把酒精吹成滾燙的柏油，卻又在說話的瞬間，讓彼此陷落鬱冷的地層。有次他嚷嚷著想讓自己酒量變得更好。我問他為什麼想要這麼做，他說感覺出社會要很會喝酒，才能處理很多事。

我沒有回應他。

在靈魂走遠的鼾聲裡，說話和喝酒的速度都很快的室友，早已癱倒在沙發，只剩我一人還糾纏於啤酒花生出的苦味。

隔沒多久，室友生了場大病，去醫院檢查後才發現胃出血，被醫生勒令戒酒。而我卻發現自己要喝更多酒，才會進入忘我的醉意裡。

後來，我感到寂寞時會忍住聽海的衝動。

酒量變好對我更像是詛咒，是要花更多錢買酒、吞更多的苦，才得以再次搖擺在忘我的夜裡。

少了浪潮在舌尖上的撫慰，苦難卻如漲潮淹沒我的生活，比如在Z休學離開後，同系最好的朋友F也寫完論文畢業。

瞬間少了兩位密切交集的朋友，快樂頓時通膨成難取得的奢侈品。

寫不出論文時，我常望著從冰箱拿出的啤酒，看著它表皮的水珠在桌面匯出無名的海。我忽然想起國小一年級的寒假前夕，第一次觸碰到快樂的貶值。老師在段考後想獎勵大家普遍都考得不錯，便允諾隔日能攜帶玩具上學。我那時著迷數碼寶貝，總一直在上課時，想著家裡那些好不容易蒐集到的公仔，必能換來眾人的青睞。但當我拿它到學校時，卻發現其他同學早改迷遙控汽車。

周邊只剩當時最好的朋友L，在我耳邊低咕著：「那是最強的戰鬥暴龍獸，車子哪裡可以比？」但我卻是靜靜地把手裡的盜版公仔收進口袋。

寒假結束，L忽然轉學。我帶著求了很久的遙控汽車，來到另個玩具日。卻只是獨自一人看著照著指令行動的車，聽它急著往前而發出的機械音，像是時代興起的巨大潮聲，總將人吞噬其中卻不自知。

其他人早已不理會只會只會前進與後退的車，而投身在更多把戲的掌上電玩，徒留我一人還拖著車子，前行在喧囂的走廊上。等到鐘響，吵雜的人聲才像退去的潮水，還給走廊自在的寧靜。

緩慢走回自己座位時，我耳裡彷彿還留著L用搞笑的聲調說著：「你看吧，還是戰鬥暴龍獸比較強。」

看著一群人著迷電玩的我，從沒想過那藏在方盒裡的虛擬空間，有天會和現實生活纏繞出更複雜的世界；也沒想過L有一天，會沿著數位演算法搭起的橋梁，和我在還流行種菜的臉書偶遇。

我問L當初為什麼忽然轉學，他說因為他爸欠債只好舉家搬回部落。我們斷斷續續地聯絡好幾年，中間也見過幾次面。但每次面對面說話時，總覺得也有片巨大的海阻隔在我們之間。散會後，走在前去牽車的路上，途中偶然看見街角的反射鏡，裡頭的我駝著背，像駝著一團未明的失敗，不知道自己真正想去的遠方在哪。

在那樣迷惘的路程裡，我也總是自問著，究竟是什麼讓我感到如此沮喪？可我依舊不斷地回到L對面的餐桌，聽他懷抱滾燙的激情，不斷複述軍旅生活或求偶瑣事。那些言語隨眼前的餐點，總是散著飄渺蒸氣，將我捲入一陣恍惚。再度清醒時，我得出一個至今仍難解的疑問：我在乎的是他這個人？還是只把那早該逝去的友情當成遺物。彷彿死守著它，我就不會走向世故而勢利的那端。

如此尖銳的提問，混上原有的課業壓力，讓我在後續面對他的邀約時，總推託自己有報告、論文要趕。而他也只是在訊息欄留下：「怎麼有這麼多書可以讀。」開始失聯的那天，L看我總挪不出時間，所以專程在放假時，來我學區附近找我。我因為害怕被L看見我躲在學院裡的頹廢面容，便死命地拒絕赴約。

「我看你只是瞧不起我，只是個……」L最後留給我的話，也像是我留給自己的。

為什麼我在清醒時，淨是說些遮掩的謊話呢？

又回到一個人喝酒的我，終於完成論文初稿，卻被指導教授退回去重寫。若與平輩同學相比，自己不過是盯著螢幕發呆多年的人。

或許我應該和Ｚ學習為人生設下止血點。

沒有把後悔當作論文主題撰寫，我還是常在和指導教授的面談裡，談到如果沒有讀研究所的假設問題，也不管這自私的否定，可能傷及老師的尊嚴。

但耐心聽完我疑問的老師，只是淡淡地回應：「可是這假設性的問題，你永遠也找不到方法考察。」隨後還是提著耐心，陪我數著這段日子來的長進。

我從未想過一個堂堂從國外回來的教授，願意放低身段認真回應學生無謂的煩惱。那些還年輕的傷，不過是不小心插進指頭裡的竹筷細屑，只有當下的情緒過不去，卻忘了沒有什麼東西是時間無法解決的。

包括我寫得很爛的論文，在全部重寫後終於被宣告出院。

朋友很開心這些文字終於康復而能見世，只有我抱著印好的論文，把它偷偷咳出的字句塞回內頁。那不是本完美的著作，字裡行間收束的也不是可貴的觀點，而是漂浮著「我已經盡力了」的嘆息。

我口試那天，Z和L都回學校來看我。那場考試考了三個小時，經過一輪熱烈的提問攻防後，指導老師卻是一無反顧地坦護著：「啊，他論文沒有寫得完善，我作為指導，概括承受這些批評。」那瞬間，我覺得自己真是老師生命裡的劫難。

當晚，我和朋友們草草吃完飯後，便前往酒吧，喝著身為學生的最後一次酒。我陸續乾了好幾杯調酒，把世界顛倒成暈眩的夢。Z問我，終於完成論文的感覺是什麼。我說，感覺什麼都沒發生過，L也跟著附和。

沒想過有一天要和論文分別，畢竟它前陣子還是差點早夭的孩子。

在準備孕育它的前期，我找了份相關的實習工作。不熟的朋友問我：「你之前又沒關心過移民工，最好是應徵的上實習生。」

那幾個晚上，我翻遍網路相關的報導，也看了一些期刊與專書。

收到錄取通知的那天，我和幾個同學坐在擁擠的公車上，望著車上滿滿的人，彼此縫合出緊密的海。在車子行經顛簸路段時，我搖晃地說著：「之後要去東協廣場附近實習。」

但他們卻是疑惑地回應：「為什麼要突然關心移民工，你又不是新二代。而且你是真的關心嗎？還是只是想隨便找個議題消費？」隨後公車停靠，周遭的人群逐漸從車門退去，而後又上來一陣擁擠的人潮，把我隔離在海的另一端。

抵抗那些像浪濤的提問，自己不斷踏著忐忑的腳步前進。我找了研究相關領域的學姊，請教她如何寫好關於這領域的論文；在實習結束後，也回頭去訪問以前實習組織的老闆。

我們約在有賣茶品的小書店，窗邊偶爾刺進的光，打在我修了好幾版的訪綱。我一連結巴了好幾段問句，才勉強織完生澀的訪談。臨別前，我愧疚地跟她道了歉，說自己沒有表現好，而且近期甚少參與相關活動，對整個移民工議題根本就沒幫助。

伴隨潰堤的歉意，窗外的陽光迎來漲潮，淹沒她的臉龐。我沒看清楚她當時的表情，卻始終記得那溫柔細聲的回應：「不要這麼想，每個人在不同的生命階段，本來就有不同的議題要處理。」

在繚繞的回憶裡，我莫名地想起室友，於是多點了杯精釀啤酒。順著柔光的昏黃，原本充滿生氣的潮聲，都有人禮貌地幫忙開好。我感到一陣遺憾。最好的朋友換過好多輪，嘴裡的話卻愈來愈像泡沫，總是漂浮在虛實中，錯開眼前的人。

但Z和L還是對我舉杯，恭喜我完成一件人生大事。

我緩慢喝下他們的祝福，卻說不出：「是他們那些人的箴言與善意，才讓我生下手上的論文。」

離開想逃脫的學院，我規定自己一週只能聽兩次潮聲。一是週三，慶祝工作日過了一半；二是週六，我想在昏意裡練習瞇著眼，從生活的隙縫裡，重新凝視且認識自己。同事偶爾會跟我說：「不要老一個人在家喝，偶爾也是可以跟我們出來喝。」但我一次都沒跟他們出去。

在生活的雜音都退至遠方的海，我偶爾會點開碩博士論文網，望著被我鎖起來的作品，像是參加曾經非常親密可後來卻逐漸陌生的親友葬禮。

可即便是如此沒自信的我，卻還是在某日收到臉書私訊，禮貌地向我表示，自己也想進行相關研究，問我能不能把論文寄給她。

約隔半年，被我深鎖的論文，長出唯一的引用數。觀望著螢幕上的一，彷彿仰望著神，也彷彿只有祂，會如此接納不甚完美的我。

除了感謝，我的心底也多湧出虧欠而沖刷著自身：「為何自己懦弱到講打磨已久的想法分享給公眾，都做不到呢？」

這些歉意擁擠成急流，把我推到另個寫不好論文的夜裡。

我漂浮在敲打鍵盤的聲響，看著社群上的朋友開始有了具體的人生規畫，但自己始終找不到岸，只能看著關係緊密的人群，在潮間裡成為逐漸與我無關的過客。

搬遷後的單人房，此刻就像一片沒有港口的孤島。

只有自己發出的噪音，像海一般擁抱著自己。

可我卻在這一無所有的日常裡，經常感到莫名的恐懼與焦慮，而轉身逃到K已離去的公園。獨自開起罐裝的海，靜靜地看著晃動的影子，通過潮聲拍打的聲音縫隙，於地面緩慢地擦出看不清名字的路標。

在那樣寂寞的時刻，我其實從沒想過未來會有人如此珍惜，那些由挫敗寫下的字句。

演算

IG的演算法，不會帶他走向和解。

祂總是在他打開程式時，推薦憎恨者寫下的貼文。往下滑，充滿仇恨的漩渦，也讓人下滑。不知如何伸出手，讓他逃離重複的迴圈。在渦痕中心，我彷彿看見多年前，他曾被人潑髒水，又假以在IG公開道歉，好公審他不及時的原諒。

「你真是沒有肚量。」那人沒說出口的，我在一旁都聽見了。

他沒有回以公審，只和那人保持距離。沒去搶受害者的位置，只是因為他覺得一旦搶了，便真正地失去理解那人的可能。但偏偏那人又在出遊時，裝作一副可憐兮兮的模樣。這倒換來朋友對他的指責：「憎恨從來不能帶給人什麼，你不要因為私仇，打壞大家出遊的興致。」

他們畢竟不是電腦，對演算和解終不夠聰明。但IG可以。我曾推薦雞湯文，要他看往原諒的彼端：「放過別人就等於放過自己。生氣是用別人的過錯懲罰自己。」

但他從未點擊。

IG於是像他周圍的朋友，不再推薦和解，而是繼續談論那人的不是。他們多討厭那人用虛構的謊言或別人不願公開的私事，去交換另個人的青睞。而這些零碎的小惡，全被掩蓋在那人在網路精心演算的人設裡：一個關心社會，對各類邊緣族群都在意的善人。

「但又為什麼不另外發文揭穿那人呢？」我有天終於忍不住問了他。

「這樣我就跟那人沒有什麼不同。」他面無表情地說。

但恨意卻從未消失。IG知道那人消費的種種議題，必然會引起他們的注意。點擊，重複的旋轉，在原地跳起充滿生氣的舞。那些像火般的沉默，在燒著虛妄面紗時，不全然是為了受過的傷。此刻，我更覺得曾說過的原諒更像把廉價的刀，總嘗試在他們的傷口，掘出慈悲的佛像。又或者是在沒有結痂的傷口，摳出一張乾淨的嘴，從此人們可以談論真正重要的話題。

在喝醉的夜裡，他偶爾會跟我說，想逃離讓他時刻痛苦的漩渦。我沒有回應。只是看著他憔悴的面孔，那雙清澈的眼睛，染著被和解塗抹的恨意，像是黃昏。一個沒有審判盡頭，眾人可以輕易殺死神的黃昏。

但這些事情，IG從不知道，或也沒必要知道。

赦鱷

初夏搖搖晃晃的，稍微不留神，正在洗的玻璃杯，便被敲出一條無法修補的縫。走出浴室，樓下聲響不斷。眾人的大笑混雜麻將的碰撞聲，像是戰爭，不知道何時會停止。

把水杯放回桌面，拿起外出水壺，走下樓。狹小的客廳擠滿了人。打了招呼，沒多說什麼。一個人等著飲水機淌著微弱的流水，直到水位漲滿，才像貓一般，輕輕逃上樓。

學其它在家的室友，緊關著房門。房裡偶爾還是會透出笑聲。我坐在書桌，凝視桌上的破杯，杯壁上的水珠在鵝黃的檯燈下，總透著寂寞的光。

隔沒多久，手機傳來震動。房東警告我們半夜打麻將的行為已經嚴重影響到鄰居安寧。

「那些在客廳不走的人，都不是我們這裡的住戶。」

「真的應該跟他們收場地費，還有精神補償費。」

眾人在之後開成的室友會議，也只能苦笑著。

那是我們大學的最後一年。

我和其他五位朋友，合租一棟透天厝。那房共有三層樓，一樓是客廳，二、三樓才是住房。可每到週末，系上其他朋友，總習慣到我們家聚聚。一行人帶著食物，走到附有老舊設備的客廳。打牌的朋友理所當然地架起牌桌，其餘人則坐在沙發，開著電視，聽政論節目上的名嘴激昂地打著嘴砲。

偶爾大家會討論裡頭的言論，當有神回覆時，大家眼裡都有光。但回到一個人的房間，殘留的歡樂卻拼不出未來，我們的所學竟只能應用在這微小的幸福時刻。

家裡不只有朋友，還有朋友的朋友。

害怕朋友在家會想不開，K經常會帶患有身心疾病的鱷，過來打牌，一同說些沒營養的幹話。嘻嘻笑笑的一行人，在舉杯歡騰時，總分不清誰是真正健康的。傅柯的權力理論曾以規訓，解析「正常」的權力意涵。為了活成別人眼中的一般人，自己首先是自己的牢。

喝著酒，暫時登出那理性的鐵籠。室友卻總在九點半後，依序回去自己的房間。在第一波散場後的客廳裡，忽然多出的空位，同變得稀薄的笑聲，搖晃夜晚的疲憊。

我心頭總有種失落，彷彿意識到人生最終也不過如此。

那種焦慮究竟從何而來呢？

搖晃最後幾口的啤酒，那是我在城市裡唯一能感受到的海。

假期結束，朋友留下來的垃圾，全都堆放在家門前的桶子裡。住在隔壁的房東，習慣請他家聘雇的看護工，前來整理。

我向她道謝幾次。而她臉上勉強的微笑，使我後來在門口看見有人的身影時，總會回去房間。算好整理完的時間後，才敢再次出門。

有次，我和K私下吃飯時，聊到自己心裡的偽善。他拿起冷掉的薯條，嘴裡發出沉重的咀嚼聲，才接著緩緩地說：

「但說實話，鱷就像能量吸血鬼。我長期幫他，沒換來感謝，生活倒被嚴重干擾。所以啊！我只好每週帶他到你們家。」

我們相看，臉上盡是無奈的苦笑。

充滿歡笑的客廳，一直以來都是多數朋友的綠洲。

但想當好人，從來都不是容易的事。我想起國小時，自己曾在體育課後，發現當時的朋友——頌正偷喝別人的飲料。受害者是過動兒，在班上人緣不是很好。頌害怕我會告訴老師，於是眼泛淚光，要我再給他一次機會。

「而且你不是我最好的朋友嗎？」順著最後一句話，我竟在頌的循循誘導下，也小喝了一口，鱷魚的眼淚。

其他同學陸續回到教室，我在座位上不斷灌著水。受害者回來後，大喊自己的飲料怎麼少這麼多。班導後來開了審查會，我看著這生第一隻遇到的鱷魚，極力地裝傻，就像他是被污蔑的受害者。

搭上我的說詞，班導最後說：「這件事也查不出真相，但貪這種小便宜的人，我深深對你感到不恥。」

我一直都對此事感到抱歉。

偶爾待在一個人的房間裡，我會獨自拿起那只玻璃杯，看著那道透明的裂痕，反省做過的錯事。

練習反思，K一定也是常這麼做的人。或這麼說，這學院裡的很多人都是那樣的。修課老師曾開玩笑說，現在做學問很簡單，只要反對三樣東西：反資本主義、反父權社會、反國家機器，就會有人買單。

綠洲的居民不上街頭，卻各自握有想像的正義。我們曾在畢業前，發生過兩次小吵。第一次不干我的事，我只跟要好的朋友說，這件事與你不太有關，不要再蹚渾水了。但他眼裡總透著某種落寞，最終只在網路留下：我明白過程中有錯，但選擇PO文後，轉頭卻站在道德至高點，跟被傷害的人道謝，這實在是諷刺至極。

鱷，從那樣的勝利爬出來。後來在另項比賽公告從缺結果後，也選擇發文公審。明明主動詢問的是我們，不甘落選的鱷卻在文裡指責主辦只對我們私下透露消息，對其他組別不公。

一連串的事實扭曲，與組內其他人想法相異。為了捍衛各自的價值，指責的飛彈從雲端降落，轟炸出無數個觀眾席。而鱷依舊自我，且把疾病當成盾牌，勒索憐憫與安慰，甚是說自己是為了保護作品不被人糟蹋，才那樣做。

綠洲的朋友曾關心此事，私下更說了鱷的諸多不是。彼此在密室中嘻嘻哈哈。歡笑後，才又討論著旅行的瑣事。

那次是到國外，很早就報名跟團的鱷，在出發後一直假裝沒事，總在聊天裡搶著搭話。我和綠洲其他人，都選擇不理會他。

那落單的模樣，讓人心生憐憫。而同情總是特別誘人，當它混進夜晚的酒水。其他人才微嚐幾口，轉身又擺出善人的嘴臉，反罵我們少數人刻意塑造排擠鱷的氛圍。爬上道德的高山，他們丟出團體、他人感受，甚至是道德，當成反思的落石。種種的言論，使說話者像是看清俗世的活佛。

「為什麼不選擇原諒？」那慈悲的眉目，最終更遞上善意的蓮花。花上逐片的火舌，吃著沉默的身軀。我又想起鱷在後來的貼文，暗示著：「我跟他都有錯，但是寬容大量的我，選擇先原諒他，讓彼此都有臺階下。」

但事實上，被公開道歉的我，還能有別條路嗎？

就如此刻，看清鱷習性的我，也無法好好選擇遠離。

背著道德的錯，我們和他們最終沒能達成共識。溝通有時候就只是一群人發出雜音，誰也無法真正理解誰。

綠洲的朋友後來對鱷說：「不論如何，我們都不會丟下你。」

鱷魚發出閃爍的眼淚，在網路打下長長的哀愁與感謝。看著螢幕的藍光，那裡無疑是再次的審判。

回文的游標，閃爍著釣餌。只能練習憋氣，成為一條潛水的魚，不願任何一點氣泡，再次被誤解成核爆。

多年後，鱷仍不時在網路，對議題提出評論。重述他人說過的話，不站在逆風處。愈偏執的理念，愈能換來關注。在雲端的舞臺上，憐憫和掌聲都是同一件事情。

不願被遺忘，鱷還會提及當年被排擠的心酸。我曾向K抱怨多次，明明最開始鬧事的是他，為什麼最後是我們吃虧。

「因為我們有自己相信的價值觀。」K最後留下那樣的結論。

日益複雜的數碼社會，造就更繁複的身分。不去搶受害者的位置。那片浩瀚的網路海域，豢養許多食髓知味的鱷。

鱷魚展露傷口，製造精緻的陷阱。不試圖揭露把戲，看著利牙下，依然有無數觀眾，沒能釐清現實便投身諒解，任憑無知的良善造就另一處地獄。

但保持沉默的我，就算是成熟的好人嗎？

滑過，不斷地滑過貼文。那些讓人淪陷的字句，都成了走遠的沙粒。我也想起在搬離綠洲前的清掃，人潮不斷的客廳，隨處皆是厚厚的灰塵。

或許那裡從來都是荒漠。

在搬離這棟屋前，待在房裡的我靜靜地看著玻璃杯藏有的裂痕。不明白為何一直沒有丟掉它的念頭，也搞不懂困住我的執念源自何處。

把它放進箱中，卻在搬完家後，發現報紙裡的杯成了無數碎片。我把它們重新包起。又裝進另個不透風的袋裡。丟進租處的子母車後，看著蠅蟲快樂地在穢物裡覓食。那愚昧的仁慈，最終也只能長出那樣寂寞的樂土吧。

退群

K終究還是退群了。

離開一群人，離開沒有結果的對談。放棄說最後一個字，停在下班路口。等待紅燈，行人滑著手機。那時正值春夏交界，微涼的晚風還能帶走些什麼。

或許是煩悶，或許是肌膚的皮屑。眾人沉浸在自己的宇宙，K把手機放回口袋。綠燈了，其他人低著頭，向前，走成漸遠的平行線。

K的腳步沒有變得輕盈。一直以來，他總是走得很沉。那些曾打出的字，最後也成了無數顆頑石，拋在封存的群裡。

一個人愈走愈慢。K有時甚至有種錯覺，是那雙腳，正融進影子。

站在黑色的傷痛，他們說那是髒的，跟憤恨一樣。就等風，一點一滴地帶走什麼。在沒有K的飯局裡，他們喝著酒，任氣泡上揚成放肆的笑。那些把好久不見掛在嘴邊的時候，誰還管誰做錯什麼事。

有時候，原諒就是那麼輕鬆的事。

彼此只想要快樂，彼此也只是在繁忙的生活裡，偷得那一點難得的溫存。

K也曾害怕寂寞，所以選擇釋懷。只是當更多受害者出現，那原諒更趨向場惡毒的幻術。檯面綻著善良紅花，底下盡是沉默的河流。

它經過那雙停擺的腳，成為鮮紅的腳鐐，任風也無法輕易帶走。

行人散回各自的生活。只有K站在原地，看腳上的疤髒成一面鏡子。

看清一個人，有時也就是那樣。站在對街，抱著變調的價值觀，中間的車流像漲潮，淹沒瞳裡那對邊的身影。

不想再為難誰，也不想再索求正義。但在靜靜離開後的某日，還是被加進新群。

想停留在美好的過去。那拉人的群組，有時卻沉默地像是狹窄的獸籠。

只有K獨自跟傷痛的幽靈搏鬥。他們站在場邊，掛在嘴邊的，依然是那句：「這麼多年了，你為什麼不能放下更多？」

失眠、宿醉還有早晨的牛肉湯

S說要南下找我時，正好有隻小蟑螂，爬過我眼前的書桌。順著移動方向，我拿起牠最後遁入的洗衣球收納盒。盒子並未加蓋，裡頭除了害怕的牠，更堆滿細碎的顆粒糞便與十幾隻蟑螂屍體。

一只帶著花香的棺木，乾淨與死亡，正指向現代文明。

我驚恐地放下它。醞釀的睡意，頓時消散。翻找書桌的其他角落，我試著找出還沒有其他蟑螂窩。也沒想過，一個夜晚，竟如此輕易地被打碎。

前陣子，也曾為此失眠一次。那次是我眼睜睜，看著小蟑螂，快速地爬進電腦的通風孔。洞口隱約露出的觸鬚，像是挑釁，可我卻沒能將牠捉出。

想過拆開電腦，但沒有相對應的螺絲起子。害怕牠呼朋引伴，我把電腦關進背包。在床上，滑著網友的經驗，說看見一隻蟑螂跑進電腦，拆開後竟是滿滿一整窩的噩夢。

線路、CPU，癱瘓主機，所有工作為此停擺。下了班，趕緊衝到維修站。店員取件後，便至後方作業臺。留我一個人，呆呆看著店裡的電視機，播放著立法院的新聞。對岸的滲透，國會停擺，亡國的擔憂還沒結束，店員不知何時走出來，只說了句：「蟑螂跑掉了。」

來到我家的S，說電腦平常就要好好保養。摸過食物的手，要遠離鍵盤；也要小心零食碎渣，卡在機身縫隙。

一連串的說教，換得再次乾杯。酒水漲滿舌尖，行出醉人的潮間帶。腳尖昏眩，做著夏日的夢。他則是暖風，輕輕吹著自己在青島東的所見所聞。

耳邊熾熱，心裡低迴著愧疚。

在運動剛開始時，一位不熟的同事在走廊遇見我，甚是驚訝地說：「我以為像你們這種平常都會關心社會議題的青年，今天一定會請假北上。」

我啞口，幾秒後才說著：「最近比較忙，事情做不完。」

但螢幕前的我，實際是跑跑數據，處理行政瑣事之餘，偶爾點開遠方的新聞。仍是局外人，我又看了看S，那雙談起不正義便如初夏炙熱的眼神，實在過於耀眼。

隔天，幾乎沒睡的我們，忍著頭昏，看世界仍是分崩地旋轉。

牽起機車，我騎得緩慢，兩人在燥熱的街道上，展開一日的牛肉湯馬拉松。經過幾個圓環，可以右轉，不行右轉。許多規則，都是隱形的牆。最後鑽進瑣碎小巷，停在騎樓下。S說，你愈來愈像在地人了。

進到西門圓環的H店，我跟S說，這是我搬來臺南喝的第一家牛肉湯。店內明亮乾淨，有透涼的冷氣；年輕的工作人員，服務更是親切。我們點了兩碗湯、兩碗飯和一盤芥蘭炒牛肉。

上菜時，湯水呈清澈的琥珀色。一入口，清甜的蔬果香，像清晨溜進的光，輕輕喚醒胃和舌。搭上新鮮的溫體牛，昨日累積的宿醉，如煙般瞬間消散。

這是牛肉湯界的無印良品，一切都很文明。我不知道S有沒有吃出它的特別。但就繼續夾起剩下的菜，最後才若有似無地說著：「芥蘭炒牛肉是我覺得臺南最特別的小吃，如果單純炒芥蘭，我絕對不想吃。可是炒了牛肉與蒜，一切都變得不一樣。」

而前一晚，我們談到的是另一件完全相反的事。

那是我們大學時，擁有兩萬名的非官方臉書社團，在運動初期，換上了舉起「做一個堂堂正正的臺灣人」旗幟的照片。

第一眼，有些感動。第二眼，底下網友集體暴動。在那茫茫罵海裡，有一句話，深深刺進我腦中：「我的理念和你相近，但不認同這種替社團其他人代言政治立場的行為。民主應該接納不同聲音。若認為事情是對的，就要更積極溝通。」

理念，信仰，無關乎正確與否。那種想吞噬他人的正義，最終是不是只會炒成過頭的焦。

我們緩慢地喝著冰涼的酒水，眼裡盡是灰燼般模糊的現實。

S說，自己在運動裡，和伴侶有嚴重的爭執。明明都有理想，但又是什麼阻擋了我們的溝通。我不知道該說什麼。有時，溫柔地同理只是一只自掘卻渾然不知的墓。

墓裡，遊蕩著頹廢的幽靈。

失眠，然後宿醉，然後在南國的湯裡，只有被我們折騰一整晚的胃，稍微得到安慰。我們走出店外，也走過附近知名的幾個景點。一群觀光客，逛著即使不在臺南，也於其他地區都看得到的小攤販。

那是另一個祭典。每個週末，總有一些人順著錢流，叫賣著複製來的夢。但換成政治口號，呼喊自己對島國的想像。一切都變得偏激，一切又都被批判成無知，只是一群被他者控制的憤青。

又回到那樣的一道牆。

也是去年，我自認很好的朋友，在得知我的選票後，謹慎地問我：「你難道不想給臺灣一個改變的機會？」

含淚投給誰，這背面的心酸，在那純粹相信的問題前，倒顯得老舊，就如同我還卡在某種舊時代的對立裡。

但不到一年，許多回頭草一一在路上懺悔。他沒有多說什麼，只是在IG打卡說：「跟老闆說要去青島東。」底下的照片卻是另一群人，開心地在KTV包廂，飲酒，合照。

那是另一種飲酒的姿態。在狂歡以後，他們的宿醉與我們的宿醉，究竟有什麼差別？那些人是否在隔天，也會嘗試找到一碗湯，慰藉一整晚的疲憊？

Where's the beef？

選前只想聽進步的政見，選後一切都不關自己的事。我們走在南國的路上。他發文，選字卻跳出，我們走在難過的路上。確實，如果自己晚一年搬來臺南，是不是就能一起在街頭，舉著迷因標語，在三十歲到來前，留下對時代的吶喊。

也曾到過臺南的串連現場，二二八紀念館前，一大群民眾，靜聲抗議。舉著標語，那對土地與文化的深刻認同，搖擺著寂靜的熱浪。我待在那兒，身上空無一物，就像沒寫功課的學生，獨自罰站。

這些事情，我沒跟S說。

兩個人流著汗，來到府前路上的W店。那間牛肉湯的湯頭一般，但特色是會在湯裡多加一顆蛋。

我喜歡那生黏的蛋液，在滾燙的湯水裡，綻出絲絲的蛋花。昇華口中滋味，肉和湯都變得柔軟滑順。可吃完後，除了蛋有記憶點，偏硬的肉質，平凡的湯頭，更多留在口腔裡的，其實是空虛。

那是場魔術，人總是在生活裡，嘗試做些渡己的手段。

另個長期失業的同學選擇在Treads，發表長篇大論。一會兒批判法案內容與程序的荒謬，另一會兒質疑上街者的動機，並不只是純粹想為國家或正義發聲。

站在道德的至高點，偽裝中立，實際上卻道盡自己實際的偏心。S說那種人，說穿了，只是不敢面對自己的真實人生，更把受過的傷，歸咎於其他外在環境。

那依舊是魔術，是連自己都不放過的魔術。

可我們一不小心，也常陷入那吃人的蜃樓。

S白日做著服務業，晚上兼職些美編工作；我則是做著研究助理。兩人的正職都沒什麼出路，是那種一入職，就看得到離職未來的慘淡。

眼前無光，S說，上街頭的時候，是他難得覺得自己有貢獻的時候，但很常在返家，洗完澡後，看著鏡中自己依舊頹廢，不免懷疑所做的一切是否也淪為一種消費，是為了讓別人感受到自己依舊「關心」著世界。

「可現實就是需要人力，來抵抗某些即將變調的未來。」我說著。

又是一陣乾杯。那是種頹靡，沒能解決內耗問題，只是陷入虛幻的麻痺。於我更是如此，不敢涉入運動，害怕自己盲目參與，所以仔細揣摩正反方意見。明明心中有答案，卻仍困在要讀多少，要讀多深，才能開始行動的死胡同裡。

「你就是那樣才錯過太陽花。」S最後對我說。

所以宿醉。頭痛，沒有食欲，整日都有種想吐的昏沉。但處於南國的我們，卻巧妙地依靠食物，把傷痛流成汗水。

我們吃的第三家店位在中華東路。它的湯頭清甜，牛肉特別軟嫩，但我鍾愛的是它們的醬料區，有蒜末、洋蔥、辣椒醬油、豆瓣醬與米酒……等多元的配料。

回想起剛搬來臺南，最不習慣的是許多牛肉湯店家僅提供醬油膏，而沒有醬油。我把這煩惱，跟一些當地朋友分享，換來的都是「醬油膏才能襯出牛肉的清甜。會選醬油的，一看就知道是不懂吃的外地人。」

我不知如何辯論。有些事情早成定局，說得再多，也絲毫沒有改變餘地。只能模仿，讓舌頭滑過如沼澤的膏醬。想找到他們訴說的彼岸，最後卻陷入迷失他人的黏膩裡。

打電話給母親，說有時很吃不慣這裡的食物。電話那頭，一陣苦笑。

畢竟這裡是美食之都。而所謂古都，也代表諸多諸多品味，早已成定局。那種崇高，似乎也不留給笨拙的舌頭，說些笨拙的感想。

但舌頭畢竟騙不了人，從小吃習慣的醬油，早已順著血液，構成我身體的一片海。若說那對運動的遲疑，或許也源自家族，那種經濟底層對政治的不信任，眼裡只有生存，對投票或參政，多有種厭倦。彷彿身上的不幸，都是掌權者貪腐而導致的終果。

明明了解一切不是他們認為的那樣，但我分叉的舌頭，即便不說話，也早已是曖昧而沉默的背叛。

對於S亦是如此。他所認識的我，也僅是我作為我的一角冰山。

所以在第四家，旅程的最後一家店，我帶S到大同路的N店。它是我下班無意發現的店。店主是上海人，個性直接隨興，店也是愛開不開。而招牌的湯，口味別於臺南所有的牛肉湯。

湯上浮著蕃茄的碎末，盛開的油花。不是特別清澈，味道也不走清甜的傳統套路，而是偏酸，但卻極度刺激味蕾。搭上店內招牌——客家小炒，誘人的醬油色，有魷魚、肉絲、老豆乾、辣椒與大量青蔥段的輔佐，舌頭和胃一不小心就會淪陷，成為食欲的奴隸。

然後崇拜，在舌與菜餚溫存時，更能感受出主廚是有深度的味精玩家，能透過味精，將所有食材和醬料，調和出更豐厚的層次。整家店的菜餚風格如同老闆娘，都具備極具個性的風情。

吃下一輪，食欲更是被完全打開。比起療癒的W，N店更趨近夜的狂歡。食物玩味，舌尖如同經歷一場嘉年華，像是抗爭裡，人群挪用時下流行的標語。不是比拚論述，更多的是融合時下流行，找到迷因與藝術的縫隙，開著抗爭的異花。

參與者也保持著一種鬆軟的多元，飲酒，圍圈，彼此談論屬於嚮往的政治未來。當天的參與者，也如此說道：「Party就是我們現在在做的事。Party是派對，Party也是政治，政黨的英文更是Party。」[1]

踩在碎片化的時代，我們終是買了酒與炸物，重複頹廢。任思緒飄流於模不著邊際的未來。後續談了些什麼，我也不是很記得。那些言語，如臺灣每隔十年的重複動盪。好與惡總是相互交換的。沒有真正的救贖，一切都飄蕩在沉默的虛空中。

隔日，送S到車站，臨別之際，他悠悠地表示：「也或許你關心在場的朋友，或帶我喝些療癒的湯，都已經是你所能做的最遠的事。」

回到一個人的日子，我偶爾感到寂寞時，會在家喝著那幾日沒喝完的酒。看著室

---

1 取自房慧真（2024）。524 隨手記。https://www.facebook.com/profile/100000691218881/search/?q=524&locale=zh_TW

內，昏黃的立燈，照著單薄的影。眼神恍惚，那面空蕩的牆，沒有夢遊的蟑螂。所有批判都消融成寂靜的醉。找不到未來的方向，房裡只有Lofi音樂，造起細碎的小雨。

胃總是在獨自飲酒的時刻，墜入冰冷的海。身心潮濕，又度過一個失眠的夜。看著初醒的天空，我也抱著有些昏沉的腦袋，僅是一個人靜靜走至巷口，坐在炎熱，沒有冷氣的H店。

它稱不上推薦給他人的等級。肉質粗糙，湯也十分重口。但價格實惠，一百元的湯，更附上一碗滷肉飯。那飯雖是贈送，但卻一點都不馬虎。適當的鹹甜醬香，搭入入口即化的肥肉。即便沒有花稍的把戲，但這種實在卻很輕巧地接住了我。

重新點燃胃裡的火，寂靜的陽光，舔拭著油膩的空碗。放下筷子，走出店外。水泥地上的熱浪，像搖晃的人群。這是南國，在風光的地景前，這裡沒有一條不需要流汗就能走完的路。

輯三——歉鳥祭

一隻鳥的任性妄為，生下無數關於歉意的蛋。傍著神遺留下的天光，盼望林地的母親總有一天發現，那些破碎且殘缺的抱歉。

夜車

總有那麼一刻，你好像忽然搞懂世界的運轉法則，所有事物連同人生難題、曾經歷的種種，都隨著地球自轉，繞著繞著又轉回自己手上。就像年幼玩過的搶椅子，你以為自己跑過無數回競爭廝殺，終可以迎接屬於你的燦爛未來，可仔細一瞧，你卻仍處於原地。而下一場搶椅子，正準備開始。

在這一刻，你所搭乘的客運，正準備駛出黃昏。車內關上所有明亮的燈，其餘零星散客，幾乎都闔上雙眼，把身體癱在椅上，等待目的地抵達。唯獨你，還守著手機刺眼的螢幕。

你猩紅的雙眼，提醒自己是該為忙碌的一天，畫下與他人相同的句點。可你卻忐忑難眠，總在閉眼後，又焦躁地睜開。你甚至覺得鼻上的口罩，讓你喘不過氣，你好想不顧他人，把口罩扯下甚至扔在地面。

但你卻什麼都沒做。在那布滿血絲的瞳孔裡，你只想著如何回信。

在搭上車前，你收到公司同事與老闆的詢問。

你以為公司還保有一點人性，能讓員工衡量身心狀況，再選擇是否協助加班。你看了看自己每日勞動十二小時，都還不一定到家的身體。

你也看了看自己全身上下。從到職至今，你身上沒有一日不沾滿塵沙、淤泥。在所有下工的深夜，你常是看著水盆的髒衣，那些沾在衣物上的灰泥，大部分都沉落盆底。你很滿意地把泡過的衣物，一件一件拿出，像種手作信仰，只有自己親手洗滌，這些衣物才稱得上乾淨。

你還想保有一點尊嚴，是在其他人看見你時，不會發現你們之間的差異。但當你實際回到工地，才發現周遭同仁，都備有沾滿塵灰的工作褲。以髒剋髒，只有你還陷入所謂尊嚴的想像迴圈。

你也常被同仁詢問，為什麼不洗腳上的安全鞋？你不奢求他們理解，你曾將沾滿沙土的安全鞋，帶回租處浴室清洗過幾回，但換來的是堵塞的排水孔。於是你的言語，和那無法流出的水，都讓你被誤會成，你不想成為的人。

你想趁著空檔，把這些誤解都記錄下來，但是你的手機不允許。你看著它的機身與保護殼，周圍的空隙都充滿來自工地的塵。你知道它的壽命正在急速燃燒，那不斷上升的溫度，逼得你只能關上手機，等待下一次開工。

望著這些日常瑣事，你還感謝公司，讓你在原定休假日，得以選擇休息。

於是你同所有平凡假日，搭上客運到戀人所在的遠方。在那裡，你們只是待在租來的狹小房間，看看網路影片，聊聊生活上的瑣事。雖然你們什麼都沒做，但你那被勞動磨損的身體，正被這些日常小事修補，得以迎接下一次開工。

你覺得自己是幸運的，還能把玫瑰揉進麵包，再切成小塊，細細品嚐。你曾相信，未來便是沒有盡頭地，餵養這塊玫瑰麵包，從此沒有其他可能，也不需要其他可能。

在開向遠方的客運裡，那是你做過最貧瘠的人生規畫，也是你做過最漫長的夢。只是所謂的漫長，也不過輕輕地閉上眼。

睜開眼後，你的同事接連離職，你以為時間會改善一切，但是在未睡醒的雙眼裡，只見一件接著一件的新業務。新的員工跑去了哪？你一面加班，一面詢問自己，下一個要躲起來的人是誰？

你知道自己沒本錢離開這裡，所以總在工地完工後，奔車趕回公司，協助檔案整理。在進門之前，你總是不斷審視自己。你想起前幾日，老闆曾暗諷你，說著以後公司可能要規定員工多備一套乾淨衣物，以免辦公室被搞得骯髒不堪。

你假裝聽不懂老闆話裡的箭，只強迫它刺出的傷口，也能與老闆笑成一片。他們沒有惡意。當你想起遠鄉母親，想起她終不再為你擔心，你只是告訴自己。他們沒有惡意。

如此反覆念誦，你不再執著於身上的污穢，不也來自公司。你的同仁同樣告訴你，白天不懂夜的黑，那些坐辦公室的，始終無法體會在外勞動的辛勞。

你不想引起不必要的爭端。

你看著車窗，那每日必然降臨的夜，究竟對你產生怎樣的意義？

你沒有具體答案，如同窗外那片空蕩的夜。

你的母親，也曾面對如此的夜，向它反覆誦經。這些不變的字句，總把隱忍化作更崇高的原諒或看開。於是你也不斷養大傷口，妄想它能為你吞下更多，世界對你的惡意。

你以為自己善於隱藏，可是你的同仁卻一眼看出，你不過是愚昧地，把一切悶在心裡。你同樣也覺得同仁愚蠢，他們總是在不合適的時機，提出尖銳的問題，之後才被反覆針對，直到提出離職。

你最好的同事，便在請假當下，被狠狠地羞辱：「真好笑，妳以為妳朋友是真的想要妳去參加婚禮！他們只想要妳的禮金，妳還是在這裡加班，幫他們賺禮金比較實際。」

這些傷人的話，混著窗外的夜，繼續邀你回到曾祖母過世的深夜。你的母親坐在你的床頭，抱怨著：「店裡的老闆娘不讓我請假。她說：『人都已經死了，妳幹嘛還要浪費時間參加喪禮，在那裡摺摺蓮花，流流眼淚，留我們在這裡忙得要死。』」

你不知道如何回應母親。在你還年輕的眼裡，從未見過母親如此脆弱。你接連聽她不斷說著，她是如何在那間早餐店受到羞辱，而找她進去幫忙的朋友，只是冷眼地看著這一切發生。

你心疼母親的遭遇，並把這些話當成磊石，從此背負著它，想著自己必得成為明亮的人。但你又在何時忘記這顆沉重的堅石呢？即便你最好的同仁被如此羞辱後，你也未幫她說上任何一句話，只在她離職之後，若無其事地補上，明天會更好。

但明天怎麼會更好？

在她走後的隔幾天，老闆嚴肅地向所有員工宣布，大家要一起陪公司走過這段黑暗期。所以他要求每個人填上待命班表，要求待命人員在緊急狀況，要隨時回來上班。

你覺得一切都荒謬至極，明明自己不是警消人員或醫生，又何來緊急狀況？那由老闆操弄的待命班表，也成為薛丁格的系列物，你總是在假日，處於一種放假與非放假的狀態。

為了你的玫瑰麵包，你必須反覆確認這個週末，是不是非得加班。但你卻從未想過，為何在待命班表上的你，沒有獲得待命的酬勞，卻得額外承受待命給你的壓力與罰責？你也不清楚，所謂緊急狀況指的是什麼？

你的同仁從未討論這些問題。能在這間公司存活的人，全都演化出溫順且狡詐的嘴。而你也相信，如此進化的你必定能走上順遂的路。

但你卻從未認真想過，路是雙向的。

在夜車發車的當下，你以為自己可以闔上眼，但卻收到老闆回覆：

「但是班表上，是你要負責明日的待命。」

「若你沒辦法來，應提早告知請假，並找其他人協助代班。」

你覺得一切荒謬至極，如果公司明日急需人力，怎麼會用詢問方式，讓你誤會自己擁有拒絕權利。於是你紅著眼，一邊向老闆道歉，一邊私訊同事，看有沒有人能幫你代班。

你明白自己還是太過年輕，於是不清楚有些話，只有表面來得好聽。那話底的淤泥，還要聽者自行領悟，並主動跳下去清除，這才是得體的好員工。

可你其實是明白這番道理的。在前些日子裡，老闆也曾在下班前，詢問你能不能幫忙加班，並強調「我不會『勉強』你的」。

你同意了。老闆開心地在辦公室，宣布你自願加班的喜訊。你的同仁為此拿你當作玩笑，說你體力還真好，平日加班加不夠，連假日加班都還要跟人搶。

你知道自己是打破辦公室裡，不可言的矛盾對抗。是死都不加班的員工們，槓上，拚命想要員工加班的老闆。他們彼此利用修辭和話術，像在懸崖上跳舞，所有舞步都在危險中，優雅地降落成微妙的妥協。

但你卻不識相地破壞這一切。你以為認命地勞動，可以得到老闆的青睞，使自己能在工作中，擁有更多容錯空間。諷刺的是，你卻也貪婪地想得到眾人憐憫。

於是你展開屬於你的表演。你畫上比表面更疲勞的妝，你也穿上羔羊的外衣，柔弱地向眾人闡釋，自己是多無力於拒絕，像「狼」一般的老闆。你明白，他們對老闆那不敢說出的怨，能讓他們對你的演出買單。

在你精密的算計下，你渡過好些愉快的日子。比較聰明的同仁，曾委婉地提醒你，你這是在養壞虎的胃口。你不想承認他們想得比你還深遠，你仍舊選擇裝傻，期待時間證明你才是謀略者。

在夜車走進昏黃的隧道，你終找到協助代班的人。

你以為這次的失算，不過是在這場遊戲裡，為你扣下幾分，你仍能在日後，用不斷後退的空間政策，讓自己繼續苟活於公司。但那樣的盤算是正確的嗎？

你沒有確定想法，唯一能做的只是回信給老闆，說道自己已找到人，並再三地道歉。你對這一切感到疲憊。好友在臨走前，也曾對如此疲憊的你，說出疑惑：

「我搞不懂為什麼你明明沒做錯事，卻還要委屈向他道歉。」

「你一道歉，所有你原本做對的事，不都變成是錯了嗎？」

那時的你，當她是不夠世故，才在這場遊戲裡，被迫當成一場笑話而淘汰出局。

你有些惋惜，但你不覺得好友完全沒錯，你僅當她是單純的白兔，誤闖進成人的狩獵遊戲。

可你從沒想過自己有天也會成為獵物。直至你收到「無論如何，我還是要記你曠職」後，你才明白，所有員工都是獵物，只不過順位在後的你，還能自喜地誤會自己是寵物。

你終於還是承受不了一切。

你長期過勞的身心，再也沒有後退的餘力。你也同樣體悟，你的溫順不過換得麵包屑般的憐憫，該被宰殺時，你依舊是隻削瘦的羊。

在眾人昏睡的夜車裡，你望著那些走過的路，上頭全都是沾滿謊言的退讓，你根本沒朝美好的未來前進過。你也曾想過，自己可能再也沒有辦法欺騙自己，但你沒想到這一天會來得如此突然。

你終還是戴上鋒芒的犬齒，滔滔地說著一直以來的隱忍，不是自己真的做錯些什麼，而是受制於這不合理的結構。你望著這缺乏人力的公司，終於提出離職。

你隨即被踢出公司群組。

與你甚好的同事私訊：「你很勇敢，你做出我想很久，卻一直沒說出口的決定。」你幻想自己是體制的英雄，正給予惡龍一記重擊。但你也收到同事惋惜地說：「你太衝動了，我們本來可以一起解決這件事。」

「你以後便會了解，為五斗米折腰，其實是再正常不過的事。」

你想起母親在提出離職後，也被嫌棄：「我們不過是看妳可憐，才給妳這份工作。妳要離開就離開，今天也不用做了。」

如你提出離職後，還被強迫隔天要回去辦離職手續。你未解地詢問，是否能後天再回去辦理？你想既然離職，應能多留在遠方。可你卻收到：「不行，那天有人要來面試。」

你的反抗沒讓你成為英雄，反倒像場過時的笑話。世界的椅子也只會愈來愈少，或許某天開始，你僅能以成為他人的椅子，來繼續參加這場遊戲。在夜車到站時，你哪裡都去不了，便帶著疲憊的雙眼，等待下一趟夜車啟程。

新手駕駛

上班途中，一隻不明的飛蟲，硬生生地撞進我的眼膜。我對著後照鏡檢查，所幸蟲屍落在眼瞼外側，用手輕輕一撥，眼裡的異物感便隨即消失。

望著不小心把自己撞死的蟲，我倒想起最近見過的兩場車禍。一次是在胡厝寮，一臺全新轎車，撞倒路邊人家的紅磚牆。朋友說：「那是名為『回家』的裝置藝術。」

另一次是在烏山頭，一輛舊轎車，斜插進新耕的菱角田。這回換我說：「這是不是名為『種田』的裝置藝術？」

我們一路嬉笑討論，直至靠近那輛車，才驚覺肇事者是我們另一位同事，但他卻像無所謂般，悠悠地看著風景，等待拖吊車。

見同事發生的意外，我開車變得更加彆扭。我曾在農路裡，不斷倒車回正，只為找到完美的轉彎角度，讓我能安全地駛在路中間。這倒也讓農路塞車，所有準備回家的農人，都狠瞪駕駛座上的我。

畢竟我的執著，多成為他們的阻礙。

我開車開得慢，又喜歡沒事踩煞車。我所駕駛的車輛，總成為南部開闊路上的血栓，讓人血壓飆高。

「不是開得慢，就是安全。」

「我覺得你這樣開比較危險。」

同事們在後座的討論，反倒讓我更為緊張。一不留神，便撞到路邊車輛的後照鏡。下車查看後，公務車的鏡面雖沒破裂，但自動調降的功能，卻暫時短路。

朋友怕我繼續開會出更大意外，便接手車輛。

我失望地坐上副駕駛座，其他人依舊繼續談天，假裝沒事發生。

下班前，朋友在車棚，語重心長地安慰我：「新手開車總要繳些學費。除了付給駕訓班的錢，撞壞車的維修費用或是違規罰款。我們也都繳了幾萬塊過。」

「大家出來混，總不可能天天過年。」朋友最後笑著結尾。

不想應驗朋友的理論，我更加謹慎地行車，但卻換得更多嘲笑：「你為什麼要用兩隻手轉方向盤，這樣轉太慢了，而且很像小朋友學大人開車。」

「你的開法，與其說是開車，更像是有人在背後推著拋錨的車。」

我靜默地駛過這些雜亂笑聲，只專注在眼前的水泥路上。

在有空的假日裡，我偶爾會約朋友出門練車。

我們多從麻豆出發，經 176 縣道，像是陪著車散步到烏山頭。

抵達時，若不提工作遇見的難題，便是安靜地在水庫閒晃。直至湖面蕩出黃昏，所剩不多的一天，此刻正被染成淡紫的憂愁。我們才又把車開到六甲，隨意找小吃果腹。

我不太會路邊停車，每次找到想吃的店時，我總會在心裡反覆碎念著：「現在換完R檔，方向盤是要打右邊還是左邊，才會進右邊的車位？」不小心轉錯邊，車子離車位又遠了些。我假裝沒事，偷偷把檔位換回D檔，再調整方向盤，讓車子回到原位後，才又換回R檔繼續後退。但此時又遇見另個難題：「我什麼時候要轉正，車身才會剛好停在格子上。」

慢慢地走，慢慢地轉，慢慢地看著後照鏡，後方是不斷傳出喇叭聲。一旁的朋友忍著對我大吼的怒氣，低聲抱怨著：「憑感覺停，不要再想了。」

「但我就是想不開啊。」

「算了，我示範給你看好了。」

又一次地離開駕駛座，但我早已習慣失敗像是荒草，在日常的隙縫裡，徒生一整片陰鬱的生綠。

不急著摘除，幾番練習過後，蔓草偶爾也會予我，小巧而幻似慰藉的野花。無法叫出花的真名，但我卻漸漸明白，執行業務的路上，就那幾個路口需要特別注意。用自己的步調，駛過艱澀的路段，車上的同事後來稱讚我：

「其實你也不是不會開車，只是動作比較慢而已。」

我靜靜聽著他們的肯定，但對向卻突然有超線的來車。為躲避它的靠近，我稍微把車移向右側，確保安全距離後，卻忽然傳出「砰」的聲響。一位約五十幾歲的婦人不小心被車的後照鏡碰到。我立即停到前方的路邊，而朋友夠義氣地說：「我下去處理就好。」

車上的同事見我未定的神情，慢慢地安慰我：「這不完全是你的錯，我剛剛看到那位大嬸，根本就走在路中間。」

「如果真的有事，行車記錄器也有證據。」

「若真的要賠，公司也還有車險可以理賠。」

我沒法聽進他們的話，只是不斷看著後照鏡裡的婦人，誇張地指著我們的車。雖沒聽見聲音但指頭的怒意，卻是大聲地朝我咆哮。

我的腦海頓時一片空白，深怕婦人有什麼意外。直至朋友上車報平安：「她沒事啦，只是一直碎念著我們開車怎麼這麼危險。也幸好你平常習慣開很慢。」

我才緩慢地說：「我有點腿軟，可以換人開嗎？」

那晚，我在床上始終無法入睡。

只要一閉上眼，總又會想起婦人，想她會不會其實有挫傷或骨折，只是當下沒發現。如果她後來反悔，跑去警局告我肇事逃逸怎麼辦，又如果她後來因傷癱瘓或死亡，我又該怎麼辦。

我當下應該要報警的，但為什麼我要省事呢？一直以來，我好像總習慣便宜行事，但其他人遇到這種事，應該也會小事化無吧？！

但現在說這些，也都於事無補了吧！我好想知道婦人後來如何，便在手機打上「臺南、車禍、肇事逃逸」，檢索最近有無相關案件。

沒查到婦人的消息，卻看見不少跟車禍相關的報導。其中一則援引研究，描述近四成的車禍當事人常患壓力後創傷症候群，無論自己是否有錯，仍會背負強烈的自責和罪惡感。

那些文字輕柔地拍著我的肩，告訴我世上也有其他人，也膠著於車禍的夢魘中。但我沒因此解脫，只在淺眠過後，重新背起無法原諒的內疚，拖著沉重的影前往公司。

有很長一段時間，我都躲開駕駛的位置。

長期配合的同事沒多過問，倒是好心地只讓我做些雜事，比方清掃環境或者紀錄歸檔。仍要協助戶外工作時，我會安靜待在後座，望著窗外其他車輛，安穩地奔馳在迂迴的公路上。但為什麼我做不到呢？坐在追尋答案的順風車裡，我愧疚地在座位上癱成爛泥。

想要快點振作，我每天起床都告訴自己，等等要鼓起勇氣，跟大家說我可以幫忙開車。但每次一到公司，卻又發抖地把話吞回肚中，默默看著其他人坐上駕駛座。

再度開起車，是後來與朋友出去散心。那時的陽光在無人公路上，緩行出夢的溫床，我打開車窗，讓暖風稍微帶走睡意。慵懶地曬著太陽，這段日子的不安好似都是幻想。那瞬間，我倒也覺得這世上沒什麼過不去的事。

我平靜地向朋友表達，自己想再試看看開車。於是朋友將車停靠路邊，兩人在蟬聲中，交換彼此位置。

重新坐上駕駛座，我深深地換了幾口氣。檢查手剎車是否拉起，再把腳放上剎車，卻誤踩油門讓車子發出轟轟的低吼聲。餘光中，我見朋友皺了個眉，那什麼話都不說的沉默，頓時使我的心也發出共鳴的巨響。

我假裝沒事，並用輕鬆的語調說著：「那我要準備出發囉？」

「好啊，這裡沒車，不用太緊張。」朋友同樣也用輕鬆的語調，掩飾自己的不安。

重新踏上油門，那種輕輕踩一下，便換得高速的不踏實感，隨即從我的血液中喚醒。我想驅趕那像鬼魅的不安，便把音樂開到最大。讓部分身心浸泡在旋律裡，我才漸漸能規律地呼氣吐氣。

朋友見我們的車，安穩地行在寂靜的初夏，才卸下心防說著：「這事情本來就沒那麼嚴重，你之前還問我要不要去警察局認罪，是要認什麼？根本就沒人出事好嗎？」

我尷尬地笑著，沒被說出口的不安，此時早在腳上堆積出同樣安靜的沉石。我搬不開它，只好於幾首歌後，再次停靠路邊，不好意思地說：「我的腳好像麻掉了，可能要休息一下。」

「如果還是會勉強的話，我可以幫你開。」朋友裝作沒事地說。

直至回家以前，那句「我已經盡力了」卻遲遲未能說出口。

「從上次車禍以後，我只開過一次車。但那時我卻沒辦法好好控制身體，即便沒有加油，我的腳卻仍離不開煞車。」

在一次酒後的同學聚會，我緩慢地向其他人說出，這份難以被治癒的傷。

身材油膩的同學K，沒認真聽我說話，倒是乾掉桌上的酒後，自顧自地接下去說：「下次開車注意一點就好了啊，用不著想這麼多吧！」

「什麼意思？所以你覺得是我開車分心，才會撞到人？」

「大家出車禍，如果不是酒駕，通常都是這樣啊，你用不著這麼生氣吧！輕鬆一點！我之前也出過很冤枉的車禍啊，想太多也於事無補啊！」

胖同學安慰我時，是坐在餐桌的中間位置，他臃腫的臉頰不斷擠出油膩的笑聲。我頓時間也失去食欲，但他卻依舊吃得很開，高高在上地夾滿一整碗的肉。他們這樣的男人，總善於把惡意包裝成安慰的禮物，但那些聲響卻像蝗蟲過境，把他人吃成瘖啞的骨頭，任骸骨罪有應得地散落在地板，仰望崇高的藍天。

沒幾個人幫我說話，桌上的人不是順著風向檢討我，便是保持沉默。我無能為自己多說些什麼，只好偷偷地跟旁邊的人說，等等還有事情，便倉皇地逃離餐會。

走在回家的夜路，路燈底下環繞無數飛蟲。

牠們無意識地衝撞滋生光的樂園，掉落在水泥地的蟲屍，是夜晚遺棄的孩子，無人在意他們生來向光的悲劇。

過往也有無數飛蟲，葬在我的眼裡。以往覺得這些蟲，真是白長複眼，為何就不能更加小心，非要來場玩命的飛行。但在沮喪的光底下，那些沉默的蟲骸，彷彿指涉著：「只要有速度，就會有意外。只要有命運，意外也就不可避免。」

網路上許多車禍剪輯，常是突然脫離路規的車輛，遇上來不及反應的車輛。兩臺車碰上的瞬間，總讓我著魔。留戀金屬碰撞出的巨鳴，混雜他人憤怒的謾罵，那些身不由己的聲響，竟有讓目光不捨轉開的美。

在充滿變數的路裡，人是如何能操控高速行駛的車，同時又能消去迎面撞上的禍。望著車輛為了避開一輛車，而撞向另一輛車，那從被害者轉成加害者的瞬間決定，又是何等殘酷，又是何等吸引我反覆播放著萬念皆非人的一刻。

關上影片，重新感受腳下的恐懼，其實自己害怕的不盡然是開車，而是握著方向盤卻什麼都沒有掌握，只能專注望著前方，不斷祈求神讓我安全下莊的無助感。

很少人與我有相同領悟，像K的司機就算喝完酒，都還很有自信地，稱自己能掌握路上的一切。他們的語言是炙熱的光，而我的沉默，早已散落滿地的死蟲。

繼續站在昏晦的夜路，一位像是我撞過的婦人，從我前方走過。她同樣走在白線外頭，而她的身後有陣光亮，從遠方逐漸逼近。我想了許久，像是路邊的野狗隨意叫喊著：

「喂，前面有車，走進去一點。」

無人理會我的聲響，那話倒像是說給自己聽。

黑袋

租處前的停車格，被放了大型的黑色垃圾袋。

在強光照射下，許多蠅蟲們正試圖從袋中逃出。我小心地將機車牽出，卻還是劃出小洞，隨即流出的汁液，也沾上腳踝與鞋身。停下動作，拿出紙巾擦拭。但那股酸臭，卻停留在皮膚，一整天似乎都無法散去。

下班回去，那垃圾袋的破洞變得更大。堆積多天的便當盒，裸露在外，上頭甚是長滿了肥蛆。我看著牠們，一群不懂命運的生物，那爬行扭動的姿態，彷彿正在朝著什麼膜拜。

停好車，不遠處傳來爭吵的聲音。看了過去，是房東太太正逼問不認識的年輕女人。女人擺出柔弱姿態，沒有積極回應她亂丟垃圾的質問。早我回來的鄰居發現一樣在看戲的我，故作輕鬆地說：「她講話有必要這麼刻薄嗎？」

我把目光轉到他臉上。那慈悲的瞳孔，像極了另個黑袋。

僅是尷尬地回笑著。那沒被處理的酸臭，隨著正義之風，四散在我們之間。我又看了袋裡，那裏散落的複雜真相，如今只不過是蠅蟲為了繁衍的溫床。

隔天早上，停車格上像沒事發生。我穿上車廂裡的黑色風衣，想起自己的冷漠，那不敢說話的姿態，蛆與蠅也啃蝕著體內的靈魂。輾過殘留的乾涸污垢。在這乾淨的一天，嚮往和平的諒解，也正用力地輾過一道快被遺忘的傷。

找頭路

我跟阿楷說過的最後一句話是：「我覺得你的頭好像開始禿了。」

阿楷沒有理會它，自顧自地脫下口罩，抽起了菸。

沉默的煙，飄散在我們休息的發財車上。我脫下頭頂的工地帽，上頭的內襯飄下幾根柔軟的頭髮。我正想跟阿楷說：「我沒有要嘲笑你，只是覺得自己也有相同困擾。」卻只見他捻熄手上的菸，重新戴上工地帽，沉重地走回工作崗位。

直至下班，小江才在車棚偷偷跟我說：「阿楷很介意別人說這件事，你再找機會請他喝飲料，跟他賠個不是。」

但豈知掉髮和離職，都是命運不可知的一環。

當天晚上，我便因業務上的認知和老闆不同，憤而辭去工作。第一次失業，恰巧碰上疫情擴散，人力銀行上想要的職缺，每天都是重複那幾個。

小江在電話說著：「你就是太衝動了！而且現在看得見的職缺，不是屎缺，就是已經找到人的公司，放在上面打廣告。」

我無力反駁小江，只是搔了搔頭，隨即掉出的髮，卻細得像是不存在的線。網路說，禿頭的其一徵兆是頭髮由粗變細。我把它撥落地面，假裝什麼都沒發生。

但還是預約了理髮店。

電療、精油按摩、頭皮熱敷，搭上設計師細心地哄騙：「離開要常跑工地的工作也好，不然我看你做一百次按摩，下次上工再戴一整天帽子，頭皮還不是一樣紅腫。」

抱著設計師的安慰，荷包雖失了點血，但卻稍稍扳回一點自信。繼續流浪在求職網站上，可有興趣的工作，卻鮮少給予回覆。於等待的日子裡，浴室排水孔不斷纏出一圈圈烏黑的焦躁。

我偶爾會與室友扮演偵探遊戲，拆解網的構成，究竟是誰的髮絲居多。沒有特別答案，我們也會根據查來的禿頭定義，丈量額頭長度是不是超過七公分。

「我就說我們還年輕，你就是一直窮緊張。」室友量完後，無奈地笑著。

我把這件事轉述給小江，電話那頭是淡淡地說：「跟你講過很多次，不要老是自己嚇自己。」

「也不是這樣說，我只是覺得我的頭髮跟現在的生活一樣，以為是堅不可摧的，結果都只是自己的錯覺。」我一連急促地說道。

「你該不會等等還要跟我討論所謂的生存意義吧？你都成年了，反正生活本來就充滿變動，大家都是且戰且走啦，真的不用想太多。」小江說。

無業的早晨，睡眠被拉成不見盡頭的海平線。

躺在床上，聽著隔壁鬧鐘響起，再來是流水打在地上的悶響。開門聲，繼續整理乾淨的外表，吹風機像是遠行的號角，最終離遠的腳步聲，象徵另個敘事即將展開。只可惜那些都與我無關。

沒有跟上他人的腳步，還在被窩的自己，好像廢掉的繭。不知道多久後的自己，會成為人還是被厭棄的蟲？抱持疑問，還是努力地撐起早晨，模仿別人努力地生活。背單字，看文法書，泡茶，寫履歷，自學其他繪圖軟體。若有再多餘的時間，我更學習如何自煮，減少生活開銷。

這些瑣事是一塊塊磚，我總妄想把一天，堆疊成亮麗的城。但只要望向鏡子，那些如荒林的髮鬚，彷彿指著所有的努力，不過是興建另一座困住自己的塔。

我跟室友說：「我們好像卡夫卡的蟲。」

「我沒有喔！我有工作，只是現在放疫情假而已！」室友立刻撇清與我的關係。那是多麼痛的領悟，我以為的我們，就像不斷寄出的履歷，一切都只是一廂情願。

走不出室友的話，桌上的多益習題，反覆修改的履歷，最終成為廢墟。喪氣的我，最終還是躲回棉被裹成的繭。任日子無盡地荒廢，結成一個個走遠的月份。許多早晨於是變成明亮的噩夢，讓人清醒的陽光，也都成了現實對我的尖銳質問。

「我好想逃離自己。」在我把這句話傳給小江後，卻久久未得回覆。整座城市仍然不停地前進。室友說：「這只是過渡期，你不要老把事情看得太過嚴重。」

隔沒幾天後，正如室友所言，我收到來自臺北的面試。時間訂在早上八點，室友看完後，說道：「你要不要跟他說，你現在不住臺北，能不能安排在下午。」

「但我害怕詢問後，對方會覺得我要求太多而留下不好的印象。」回應完室友的我便打開訂房網，尋找便宜的青年旅館，準備搭著客運北上。

下了車，追尋著手機導航，我反覆穿梭在陌生的街道，後來才發現旅店藏在老舊的商業大樓裡。按了上樓鈕，電梯門開後，密閉空間裡貼滿了厚紙板，像是尚未完成施工的現場。我膽怯地走入其中，心底盡是不安的恐懼。

來到指定樓層，沒有指引我前進的人。坐在櫃檯的頹廢大叔，確認我的資料後，說了房號並丟給我磁釦，又繼續滑著手機。順著指示，來到敞開大門的寢室。

再次確認自己是否走對，上頭的電子鎖看似老早就壞了。一位穿著吊嘎的中年大哥，若無其事地走入房門。我跟著他的腳步也踏入房間。在十坪左右的房裡，放著五張上下鋪的木床，牆角則座落一排置物櫃，中間只有狹窄的走道，供人行走。別於以往住過的旅館，房間充斥的霉味與油味，交織出另種陌生的惆悵。我假裝不介意這些，面對床位緩慢地整理行李，身後卻傳來：「不好意思，借我過一下。」

我微微往後退一步。另一位穿著粉紅色熊貓外送衣的大叔，蹲在我的床鋪前，從床底拿出晾著襪子的臉盆。我愣愣地看著他穿上其中一雙，才見他匆匆說道：「你是新來的住戶嗎？」

還沒想透他話裡的意思，大叔早快步走出房間。只剩我尷尬地留在原地。

沒有在旅館逗留太久，隨後又搭乘電梯，逃回臺北街頭。那時正值聖誕節前夕，街上到處都是情侶與網美，圍繞著聖誕樹拍照。穿過隨節慶起舞的人群，方才為生存苟活的人們，彷彿來自遠方的夢一場。

我靜默地沿著霓虹閃爍的街道行走，冬天的風正不斷吹亂我的髮。我努力用指尖，把吹亂的劉海重新抓回穩重的油頭。但卻又不見其他路人，如此用力地抓著自己。他們擁有的從容，無視我的慌亂。待在快樂的街道，頓時也成難受的奢侈。

只好隨意找間路邊攤吃飯，再買瓶啤酒回去。

在夜晚的青旅裡，陸續有其他人歸來，他們大多年紀落在四、五十歲上，有些人在交誼廳吃著便當，有些則在浴室前，清洗自身衣物。沒什麼青年的青年旅館，這裡不知何時成為無家者的收容處。

把酒放在床上後，我拿著盥洗用品前往浴室。

那一個個供人梳洗的空間，沒有塑膠門板，只有簡單布料隔起的門簾。選定其中一間，裡頭沒有放衣物的欄杆，我只好把穿過的上衣和褲子，掛在門簾的桿上。快速地打開水龍頭，再把慌亂與恐懼，全都洗進下水道。

但順著水流，我發現排水孔上的一輪烏髮，還殘留白濁的黏液。望著它，這些逐漸腐爛的情欲，要多久才會被人清除？沒有答案，生活就像起泡的洗髮精，所有洗去的髒污，終又在另一天浮現。

但就連談論這些無妄的空談，都是種浪費的餘裕。

整個晚上，我所居住的寢室都敞開著大門，所躺的床鋪更沒有拉簾。

坐在床上的我，偷偷打開買來的啤酒。酒泡緩慢爬出瓶口，而發出的刷刷聲，是少數能在都市聽見海浪的時刻。浪潮能帶我走向哪裡？想著無解的人生難題時，睡我隔壁上鋪的大哥，此時已發出沉重的打呼聲。

伴隨他的鼾聲與周遭細碎的走動聲，我總是不斷從淺眠裡，被拉回現實。最後一次走出夢鄉，是睡我上鋪的熊貓大哥，不小心摔落他的手機。

見他慌張地走下樓梯，並碎語著：

「這床到底是什麼爛設計。」

「明天又要去重貼保護膜。」

「幹！這樣等於又少接幾單。」

假裝沒聽見他一連串焦躁的自言自語，緊閉雙眼的我卻怎樣都無法入睡。直至天空微亮，拖著一身疲憊，走向盥洗間刷牙洗臉。對著鏡子，把髮抓成後貼的油頭。

等戲仿成熟大人的儀式統統完成，我才倉皇地逃離這短暫的借居。

走上地下道樓梯，擠入福壽螺卵般的人群，鑽入更深的地底。

刷卡，進入一天的通道。像是模仿甲蟲羽化，在等待再次爬上地面時，我學其他排隊的上班族，沉溺各自的手機。點開自拍鏡頭，卻只見那些把瀏海梳往後頭的髮，飄蕩著整齊的陌生。

常去的髮廊在我面試前，說是受疫情影響，便宣告歇業。找了其他髮廊，但那初次見面的設計師，在打量我的一頭亂髮時，最終剪出的成果，卻與我給他看的照片相差甚遠。

劉海變得稀疏。在我出聲抗議時，卻換來冷冷的羞辱：「你看你額前的頭髮有些稀疏。這是你自己掉髮的問題，不是我的技術問題。」

抵不過時間的侵蝕，頂上的三千煩惱絲，就連減少都是煩惱。遊蕩在附近街上，想著把頭髮全數剃掉，是不是至少解決生活的其一困擾。

走入隨便一家百元理髮，卻又提不起勇氣說要理光。問了頭髮剪壞後要怎麼補救。女主人摸了摸我的頭，用眼神打磨了幾圈，才淡淡地說著：「這樣的髮量，我幫你整理成油頭，會比較好看。」

沒有其他退路，只能無奈地點頭。看著再度落下的髮絲，她手中的理髮器正於我頭上，走出一條新路。鏡中的自己逐漸陌生。於完工後，我只看見那削瘦的頭顱裡，擺盪著為了生存的荒原。

那些發生的種種，隨著捷運進站，被壓成一陣貓叫般的風。重新看著準備已久的自我介紹，我不自覺地又抓了抓頭髮。手上因此沾黏了一、兩根落髮。拍了拍手，那細微的髮絲輕柔地掉在敞開的車門前。沒有更多慰問，所有想說的話，此刻正被眾多雙腳秩序地踩踏而過。

湯的手藝

晚冬來臨時，同事送我他親手摘的白蘿蔔。擱在冰箱，直到假日才拖起慵懶的身體，到租處附近的菜市場，買些牛肉和燉煮食材。離開前，發現門口附近的牛肉湯攤販，把對面攤也租下，改建出文青風的內用區。裡頭完全沒有客人，店主看見觀望的我時，行了靦腆的微笑。

點了碗湯，隨意找了位置坐下。新漆的牆面，水耕的常春藤，還有一塵不染的原木桌。別於其他傳統攤位，呈現超脫的乾淨。待料理上桌，湯的上方漂著豐厚的油脂。拿起湯匙，隨意翻了幾下，碗裡約有一半都是牛腩。再喝了口湯，不是一般清燉風味，原屬蔬果的清甜，正和味精展開激烈的爭鬥。

然而，於我咬下牛腩時，卻帶來意想不到的反轉，那軟嫩的肉質，稍微沖淡湯的重口。一口湯，一口肉，只有舌頭知道幸福的負荷。沒法一口氣喝完，我中途還是要停下來喝水。

那著實讓人有些失望，不是因為難喝，反倒是在不錯的口感裡，那些食材新鮮而實在的風味，在被味精強壓聲勢時，仍用力地向我招手。這般手藝，讓我想起從前公司離職時，主管語氣平淡地對我說：「你做事認真，唯一缺點就是對自己不夠自信。」

喝完湯，提起晚上將來的第二次牛肉宴，攤上的店主沒發現我的離去，正專注地處理肉品。胃是暖的，在寒冬裡還能吃到如此實在的湯，也算是難得的幸運。

查無此地

想起上次也有誰，要我站直挺胸，才能被人看得起。

但現實沒有本錢。做著研究助理，一年一聘地簽著約，未來成了空洞的詞。有時遊蕩在網路，看著朋友發文，抱怨房貸或升遷產生的壓力。他們光鮮亮麗的煩惱，總逼得我心底竄出慌張的獸。

駝著背，把自己蜷成他人的影子。整理田野資料，沉浸在無邊際的文獻茫海。對著老闆給出的命題，運用理論圖像，把經驗剖進詞的模板。創構新世界，腳踏之地都是工整的路面。那些蘊含於現實的混亂，在追逐點數的遊戲裡，正不斷被收編至井然有序的學術地圖中。

端看挺直的文字，前前老闆也曾在交辦事項時，不小心說溜嘴：「反正你就在報告上，填塞些合理說法，讓業主不要一直打電話過來，干擾我們的工作進度。」但迷惘沒有持續太久，我隨即又被叫去泡茶、寫送公文。

從學術工作滑落至行政工作，我常想著，研究助理究竟是「研究」得多，還是「助理」得多。沒找到答案，做這份工作甚久的同事安慰我，說是錢比較重要。

撇開工作遇見的鳥事，在經歷一日上班後，我常莫名地感到困惑。不知道自己的生產價值，也看不清過程正在累積什麼。上班對我最大的領悟，不過是體認自由的珍貴。

打了卡，身體並不嚮往回家的捷徑。那裡人潮擁擠，老讓駝背的我，無法好好呼吸。鑽進另一條小巷，隨即被各式老公寓環繞。就像掉進城市的內裡，高低不一的樓房，穿插加蓋的生鏽鐵皮。路邊牆面，蔓生著苔蘚或野草。整體街容雖呈老舊，但也散落緩慢的慰藉。

在樓房的夾縫裡，有座隱密的公園。園內的草皮稀疏，更只有兩、三張老舊的長椅。受疫情影響，長椅都被纏上鵝黃的封鎖線，上頭也貼著紙條：「防疫期間，本設施暫不開放」。

鮮少看見他人逗留於此，唯一看過的活人，則是早我半年入職的同事。那時的她，無視黃線，大剌剌地扯出一圈領地。坐在椅上，脫掉上班常穿的外套，露出的臂膀，活著隱密的刺青。安然地抽著菸，更不同於身處辦公室的沉靜模樣。遠處的我多瞧了幾眼，又趁她尚未發現我前，悄悄地走遠。

隔沒多久，聘雇她的計畫案完結。辦公室的大家，舉辦了送別餐會。我們一起去了好市多，買些派對熟食。在回去公司的路上，少聊私事的她，像是終於鬆了口氣，忽然對我說：「離開這裡後，我想回去學校，把沒完成的學位完成。」

「那樣很好啊。」

「那你有想過在這裡待多久嗎？」

後來看她留下的空位，總像看著自己空白的未來藍圖。工作莫名地持續一年多。有一陣子，我同時要忙老闆出國的雜事，也還要趕著期刊投稿。兩件事兜在一起，沒一件能做好。對此，老闆也只丟下一句：「以後助理只會愈來愈少，如果你還保持現在的效率，我們不就什麼事都做不完。」

工作壓力變大時，我偶爾會在午休，帶著買來的餐點，一個人坐在公園，吞著各類難言的加工食品。依靠著封鎖線，也好像被誰保護著。至少世界在此刻是與我無關的。

見我常常不在辦公室，剩下的同事問著我，都去哪裡吃飯了？

說不出公園的名字，它在估狗地圖上，僅是空白一片。查無此地，就像隔絕的理想鄉，不被字句束縛，只活在真實的迷霧。我也曾嚮往過那樣的自由，在學測後的職涯選擇裡，在大學被質疑所學的有用性時。那些時刻，我總不甘於把自己肢解，從而填進一個確切有用的職業裡。

現在想想，曾能抵抗那些問題的我，仰賴的不只是年輕的本錢，更是蠻橫地把生存重擔扔給母親。想保有不被社會變形的特權，直至年紀稍長，才明白那種任性本身就是種變形。自視甚高，而後才駝起了背。就像絕大部分的地圖，以為能征服實際的大地，但也創造更多隱蔽的死角。

收拾吃剩的垃圾，望著再次無人的長椅，我忽然想起同事，想起她臂膀上的飛鳥，終是成功離開此地，繼續繪製屬於自己的天空。面對她的遠去，我常常也想著，當時若能記得祝她一切順利，那該有多好。

棄島行

下班時，世界經常被懸宕成隨風擺動的玻璃紙。透過橙紅薄膜，望向返家的旅途，夕陽，樹影，車潮，所有即逝的流動，此刻都被染上暖光，把街道結成瘦長的琥珀。敲開時間的幻象，永恆的側寫遠指著諸多早已消逝的缺席。

這無用的思想命題，是一天破碎的糖衣。將散落碎片放入口中，那逐漸融化的液，是整日勞動後才能體驗的甜。輕柔地把疲憊呼成一絲稠雲，在搖晃的機車上，每趟離家愈遠的天空，頓時也被翻倒成橙紅的海，讓人體會漂泊。

我的第一份工作位在臺南。

為節省租金，我還在麻豆定居。住家附近是有名的代天府，隔壁則是遼闊的文旦園。房東偶爾會提醒我，果農哪幾天要噴灑農藥，不要到外頭晾衣服。

也是偶爾，我會在拖著疲憊身軀返家時，望見晾乾的衣服旁，橫躺著數隻無名的蟲屍。穿上它，或不穿上它？不是自我對存在的叩問，而是生存要人直面的難題。

選擇勤勉的生活，我只能提著一大籃衣物，騎車到兩公里遠的洗衣店，把乾淨的衣物，又一次洗成未解的縐褶，接著，烘衣機將會把再次的等待滾成巨響，但卻不還我乾淨的明日。

這份工作，幾乎都是在土與泥之間渡過。挖掘前人留下的古物，再把它們編上號碼，歷史的重生，起步是在雲端上造冊。不想煩悶地過活，我假裝身上的淤泥，都來自上古，所有挖掘正嚮往有光的出口。

我始終沒有挖出像樣的古物。陶罐碎片、零散獸骨，所有能被看見的遺物，都來自灰坑，荒廢千年的垃圾場。這些棄物的主人，當時定沒想過，在久得不能想像的某日，會有一門學問，專門寶貝從他們生活剝落的餘物。

關於遺棄，每日不斷地往返，搭上重複的工作，我每日都丟出一點靈魂，交換別人施捨的麵包屑。這種瑣事跟許多人比起，已無抱怨之必要。但我仍叨絮怨言，將之扔向電話一頭的母親：「我不知道可以在工作裡得到什麼？」

「但工作本來就只是為了生活。」說著這話的母親，語氣堅定地像是為了生存，心上諸多感受，本就非必要存在。

掛上電話，租處附近的蟲鳴，正嘲笑我不懂得如何取捨。

無法認真遺棄，我的工作因傾向收藏，更像場詛咒。在為所有撿起的陶片，編制專屬的身分號碼時，一旁的同事意興闌珊地把不具代表性的遺物，丟向坑位附近的草叢。望著那些再次被丟棄的物，我搖晃手上的夾鏈袋說：「也許放它們自由才是好事。」

「但它們如果不幸多活千年，也還是有機會被捉去坐牢。」邊滑手機邊說話的同事，像拆解時間的思想工匠般說道。

聽著同事戲謔的玩笑，環繞我的職場，頓時成了被打破的水缸。我是橫躺在地面的魚，總用過勞的身軀，窒息地搶著單薄的水灘。

或許是神的憐憫，在我離職前的那個月，臺南幾乎每週都下著豪雨。我們挖掘的土坑，也經常被淹成水池。望著靜謐的塘面，我臉上的眼袋究竟何時，也淹成更深的夜？

在經歷一日勞動的夜裡，我時常在接到母親的電話後，與她爭執些不著邊際的事，比方移工勞權，母親不懂為什麼勞團要幫看護移工爭取基本薪資，明明許多經濟拮据家庭會因此負擔不起。為此，我總又要解釋那應該要檢討政府，為什麼不處理長照政策一直存在的缺口，反倒要犧牲移工應有的勞權？

這些好好地說，便能讓人理解的字句，卻由於疲憊，而敲響出傲慢的語彙。所有爭論，最後也迫使電話另一頭留下：「好啦！我花錢讓你讀書，是為了讓你罵我。」

當室內恢復一片安詳，我看向手機漆黑的螢幕，只剩附在上頭的臉頰油漬，還喧囂著爭吵。沒有讓母親更能同理移工，我所謂的正義，不過是發洩自己在工作裡的諸多不願。

溝通失敗的我，在死去的話語間，也理解到要人棄還長久佔有的特權，著實為一件難題，那莫過於弱弱相殘，每個不同的立場，都來自善良，卻都行出悖反的路。沒有道歉，我在時間的流動裡，逐漸從家鄉剝離。

也沒得到什麼了不起的名號，我總在每日勞動裡，找到不同的辭職理由。而挖掘工作更因雨季，變得更加困難，光是抽水、清淤，總又耗上半個工作天。

望著雨水堆積出的新土層，所有挖掘頓時變得徒勞，雨後的陽光也在我身上，爬行出無數朵淤泥盛開的花。然而其他工人大哥，卻還是認份地穿梭在各個坑位，協力把積水運至鋼板樁後的空地。

他們不受泥地的影響，不像我動不動擱淺於濕黏土中。在碧藍的天空下，那群溜泥的舞者，留下的足印都是未解的詩。我也想臨摹他們的偉大，但在興起這番想法後的那晚，我卻與老闆為了小事爭吵，誰也不讓誰，直至我提出離職。

隔天草草地到公司簽離職單，老闆不讓我進辦公室收拾個人物品，說是因為防疫安全，深怕外人帶來病毒。在等待同事整理我位置時，室內燈泡下起豪雨，沒人看見死白的光，濕出蜿蜒的急流，將所有付出與努力，都沖刷到無名的深海裡。

最後一次從公司騎回麻豆，是帶著挫敗與不甘。

那些不曾在白日行走的道路，卸下平常曖昧的濾鏡。充滿陽光的明亮，正蒸散所有用緩慢呼吸釀造的夢。入職的工作說明，雖然寫著離職乃人生常態，但此刻的我卻體悟自己從未長大。那些明明輕易繞開的懦弱，仍讓我成為一名落魄難民，把除了衣物的大半積累都棄置臺南。

把最後一箱行李寄出，前來安慰我的朋友，陪我去吃麻豆有名的碗粿。挖開柔軟的粿身，初入口中的是厚實的米香，配上咀嚼時適中的軟度，我的舌頭正躺在米做的舒服沙發。

這離別前的美食體驗，著實顛覆我對碗粿的想像。先前還不信任朋友的推薦，總以為碗粿是能好吃到哪。但不知道是否因離別情盛，桌上空蕩的餐盒，直到現今仍是我對臺南的愧歉與遺憾。

將鑰匙還給房東，那金屬上的凹凸痕面，像是腦海的皺褶，關於這片暫居的空間記憶，也要一併棄給另個從此不會再見面的陌生人。

我沒有回去家鄉，因我是懦弱的行者，無法背負過於沉重的物，比方母親的愛。逃跑的我後來回到臺中，與另一位剛好要搬家的朋友，在移工與學生混雜的宿舍裡，合租便宜套房。

為了節省開銷，我開始學習料理，並模仿其他移工房客，在做飯時打開房門，並把電風扇對準門口，持續送離鍋上的油煙。整條廊道頓時也成為熱鬧的美食街，而每個用餐時間，都是一次文化交流與比拚。

那是我一天少數放鬆的時刻，不去想失業的煩惱，只專心在體會料理本身。每個人做菜的方式，多少都藏著自己的祕密，那些對待食物的態度與方式，或許來自家鄉。吸著他人料理的氣味，便又更靠近他人一點。那些來自東南亞的新住民，不知道是否也如此認為？

但在疫情爆發後，走廊卻忽然出現好幾張白紙，內容寫著「疫情期間，請關好房門，帶好口罩」，並貼心地加註英文。它們貼在好幾位移工房門前的牆，這條沒有訪客的美食街，為此被迫走入歷史。

唯獨邊間的寢室，始終敞開大門。住在那裡的移工，身材同我不高偏瘦，皮膚也是黝黑。我曾與他有過兩次接觸，一次是在住家門口，望著提著一箱重物的他，我義務性幫他撐著門，等他進來屋內，又替他按著電梯鈕，順路送他到相同樓層。在這期間，他始終都是低著頭，並像臺壞掉的錄音機，不斷播放著謝謝。

他的禮貌始終是魚缸的玻璃壁，有些過客享受魚被規訓時，所展現的優雅游姿，但我卻看見一顆活生生的心，逐漸枯涸成攤架上的標本。他在這裡生活得快樂嗎？

抱著這無謂的問題，我也曾在出門時，看見他房門躺著這棟樓的樓貓，我放輕腳步走向貓的身旁，同牠的視線窺見門內的他，此刻正安祥地睡在地板巧拼，神情比起上次所遇，增添更多放鬆與自在。一旁的電風扇嘎嘎地，把離島的風吹向他燥熱的身軀，那是我見過少數美好的夏日午後。

有陣子，我一直想不透為何他不關門，直至回鄉參加親友忌日，我才在母親徹夜未關的房門，想起自己在長成人前，不也是習慣坦然。但為了什麼，我卻也造了扇深鎖的門扉，把過往對家鄉的嚮往，棄在鐵門之後。

但最初，我也想過是否有種可能，是待在故鄉一路從國小念到出社會。那番美夢換來的只是母親輕聲的冷水：「可是這裡真的沒有太多資源，讓你好好發展。」

沒有資源，我最後也離開短居的公寓。整個二〇二一年，我幾乎在臺灣島上流浪一圈。朋友稱羨我遊走的灑脫，但我其實是被迫習慣把遺棄當成一種行路方式。同我家鄉的許多朋友，從高中開始便要熟悉孤獨，住在離家鄉百里遠的宿舍。但在所有聚會結束後，那些行走回租處而發出的喘息，總又逼我想著為什麼世上會有人從年幼便注定離鄉命運。

世界上所有離散的人，是不是也都有同樣寂寞的心？可書一旦翻久，也知道這是濫情的假問題。那些源自他國的移工，要付出的移動成本與不被他國法規保障而帶來的風險，都遠比我所想像得多。比起他們，我所謂的遠行只是走到住家附近，看著鄉愁長成濫情的花。

在那些走馬的時日，讀設計系的朋友曾舉辦，關於「家」的工作坊，她邀請許多移工朋友參加，在壓克力板上，使用複合式媒材打造出心中嚮往的家。望著他們為庭院造林，或幫小孩打造遊樂場，那一個個不同的想像，都能被臺灣島所應許實現嗎？

生活從來不給人明確的答案，而我始終記得在活動尾聲，朋友真情地說著：「他們離家是為了回家。」這番具套套邏輯的言語，卻直指有些人的命運，沒有別的選擇，只剩認命地行走是真的。

搬遷到遙遠的北部，新租處的早晨，總在鬧鐘響起前，先有老師與幼童的響亮道早聲。仔細察看，才發現這裡每個街角，都座落不同的幼兒園。不同於南部或東部，那裡總讓人先感受到夜晚：觸碰黑暗的寧靜時，也能輕易地觸碰老人的喘息聲。

這些黯淡的聲響，後來都碎成無盡細雨，降於我未停的島行。穿著被浸濕的鞋，此刻的遠鄉無論如何，也壞不過苦悶於鞋裡的海。

餘煙

學長說要離開臺北時，我不清楚，我們多久後才會再見一面。也許一個月，也許一年。這些關乎時間的謎團混著油煙，一同漂浮在他狹窄的租處。我也不清楚，為什麼臨別的最後一餐要選在套房。明明疲憊的兩人，卻還是打起精神，用著沒有明火的電磁爐，假以歡快地煮起火鍋。

「如果真的考慮要做研究助理，人文科的薪資最高就那樣，對找下一份工作可能也幫助不大。那就像股票套牢，你做愈久，年紀愈大，就愈離不開那裡。」

隨著鍋內沸騰湯水發出的泡泡破滅聲，我想起自己在入職前，也曾問學長對現在工作的想法。現在學長要逃離住了三年的城，房內只有電視連接著手機訊號，播放過時但我們依然很愛的油土伯影片，填補沉默的空拍。

我夾起一塊肉，在咀嚼裡模糊地問著，那你下一份工作想做什麼？

他面無表情地說，且戰且走囉。這讓我想起前些日子，辦公室來了年輕的大學實習生。在我介紹環境時，她也問我為什麼會選擇現在這份工作。我說，沒為什麼啊，就剛好應徵上了。她尷尬地笑了出聲，見我沒特別反應，才又禮貌地補上，我懂我懂。

那雙稚嫩的眼究竟懂了什麼呢？

我回到座位，望著要重修而始終未動的期刊論文，總是百思不得其解。

找不到前行的方向，我經常透過座位旁的窗戶，呆望著遠處一棟正在興建的高樓。裡頭裸露的鋼筋正築起荒涼的山頭。

山頭，故鄉的山頭也不知從何時開始，零散著流行於城市的建案發展。朋友的父母順著興建風潮，亦買了間樓用以經營民宿。過年期間，我們三五好友曾在他新家樓頂的陽臺，鳥瞰小鎮的夜景。

聽聞我要北上工作，朋友先是問我怎麼又換工作。我說，還在摸索人生。他沒多說什麼，轉頭便是熱切地教我計算房租。房子的買價加上家具裝修費，再乘上百分之四就是年租金。但我根本不熟房地投資，對區域平均地價與家具裝修費，更不知從何估算起。朋友見我沒說話，隨即便跟另一友人聊起股票與虛擬幣。

浸泡在金融與科技業的友人們，煩惱著口袋的錢被通膨吃掉。我和另個流浪教師朋友，相互對看，不約而同地笑了出來。沒有本金，沒有煩惱。那樣的苦笑，彷彿是我們對資本社會，所做出最大的反抗。

上了臺北，我並未很快地擁有自己的租處。

在流離的日子裡，我短居於廉價的青年旅館，一間沒有對外窗的房裡。室內瀰漫著幽微的霉味與體味。向來鼻子過敏的我，經常在深夜醒來，一張接著一張，抽起床邊的面紙。但無論我怎樣小力，擤鼻水的聲音仍會打破房裡原有的寧靜。

隔日，鄰床的大哥叫住準備外出的我。我看著他邊穿起鞋邊說著：「你身體如果不舒服，要記得去看醫生，大家都是辛苦人，沒有本錢好生病。」

我有些尷尬地回著：「我只是過敏而已。」

沒有理會我的解釋，大哥冷淡地從我身邊走過。

劃不清私人與公共空間的界線，我就連洗澡也找不到短暫的救贖。共用的浴室僅以拉式門簾，隔出隨時會被人扯開的隱密空間。於是每場澡都成了戰爭，我無法等到水燒透，便急著搓揉泡沫，再用水快速地洗盡身上所有慌亂與恐懼。

不想太早回到租處，辦公室剛好遇上好幾個計畫，同時需要結案。我為此被分成兩人。白日的我，忙於多個案子的公文處理。每日先按來文內容進行分類。有回覆需求的文，總要我不斷來回打電話於各個單位，確認後續相關事宜，而後才要仔細核對來文單位與我們的關係，好擬新的回覆簽稿。檢陳與檢附、簽請核示與報請鑒核，那些上下關係讓相同意思的字詞，像是萬花筒般延展出讓人困惑的迷宮。

等天色漸暗，其他行政人員陸續下班後，我才能點開另個自己，繼續未完的期刊書寫。在那樣寂寞的時刻，眼前年老的螢幕，像是聽到我的內心，而跟著泛起橙黃的漸層。那獨屬於我的魔幻黃昏終於降臨。

擁抱人潮退散的辦公室，窗外的遠樓偶而會成為燈塔，在那頭亮起閃爍的星火。是工人在焊接什麼嗎？沒有確切答案的我，此刻也用著破英文於網路找著相關文獻，而後焊上手上的資料。

在那樣寂寞的時刻，我常常呆望著窗邊，見自己和遠方的人，都在蓋一座不屬於自己的塔。那些無法停歇的火光，正鍾煉一場疲憊的夢。我們何時才會醒來？

但生活始終保持沉默。

我忽然想起學長在逃離前，曾用感嘆地語氣說著：「學術產業啊，什麼都要以

Impact factor（期刊影響力）為基準，來計算SCI、SSCI、TSSCI的發表點數。有些熱門議題，明明是臺灣學者做的，但卻只有到英文期刊裡才翻找得到。」

「我英文文獻看得慢，所以老是被同事取笑學店出身。」這些消磨人心的話，像遠樓後來熄滅的星火，沒人知道在夜裡趕工的人，後來去了哪兒？

結案後，老師語重心長地找大家到裡頭的會議室開會。

她一連指著成果裡，好幾個明顯的問題，逼問主要負責的同事。同事沒有回應，眼神總是飄向他方，並不直接與老闆對上眼。擅長說話的同事，見場面尷尬便立刻跳出來，說大家下次相互體諒，共創友善的職場環境，事情才能愈做愈好。

被指責的同事，隔日拿出手寫的信紙，裡頭多是她在案子裡受盡的委屈。她問我這封信要不要轉給老闆。我想了想，卻想起結案的前幾天，曾在傳遞公文時，望著老闆兩手撐著頭，不斷用大拇指揉捏太陽穴，等她發現門外的我後，那抬頭的眼神疲憊得像是哭過。

其他處室的職員在某次聚餐裡，也曾說著：「別看你們老闆在辦公室呼風喚雨，上層長官也常要她做很多超出職務的苦差事。」

我把這些事在腦海反覆搓揉，想像如何搓出漂亮的圓，卻看不清同事當時的眼神。

我至今仍不明白那時的回覆是否正確。

只擁有一張床的我，在那段日子不是工作就是做夢。

直到通過試用期，確定還有一年約後，我才請假草草地找到租處，搬離寄人籬下的旅館生活。離開的那日，每天都會與我講話的櫃檯阿姨，甚是開心地對我說著：

「真是太好了！你還年輕，終於得到能好好振作的機會了！」

我原本還想反駁什麼，但話在嘴裡打轉了幾圈，最後也只收進行李。

新租處位在研究所附近，四周多是新起的建案。在前去上班的路上，我共會經過三個正在興建的樓。假日更常見到房仲領著客人，觀望社區是否有想買的房。

我想起朋友曾說過，現在的買房人先是投資客，再剝完一層皮後，才留給真正有需要的房客。我無力猜測，周遭的看房客究竟是哪個身分，僅是提著一週沉重的食材，走回蝸居。

為了省下更多錢，我常會自己下廚。在五坪的小套房裡，書桌即是流理臺。每次做菜前，我總要先把書、筆電與理想挪到床上，才有空間切肉煮菜。

我習慣煮馬鈴薯燉肉或者咖哩，但並不是出自所愛，僅是因為它們便宜與便利。若是煮好一大鍋，便能讓食量小的我度過好幾日。

在搞砸工作的時候，我更常把這烹飪時光當成告解，總將大把大把的時間，丟向眼前的裊裊白煙。再一口接著一口，緩慢地吃著冒著熱氣的蔬塊。

不去想其他事情，只管吃光眼前的料理。等一切皆空，也將近十點半。只能拖著疲憊的身體，洗澡，睡覺，繼續投入下次的勞動。

房間的老冰箱因長年結霜，常在我睡著後發出轟轟巨鳴，碎了我滿地好夢。拼不回原本的模樣，枕頭和棉被多是油煙睡過的氣味。在難耐的夜裡起身，我總是坐在床頭濫情地想起胡遷的〈獵狗人〉。想起那位獵狗新手在觸碰社會法則後，向老父親問著的「我們還要活多久？」

但尚有工作的我，根本沒資本這樣想。

我偶爾還是會跟回鄉的學長通電話，他說最近去了超商工作，店長問他想不想升幹部，但他拒絕了。我問他，為什麼。他說，在準備公職考試，哪有這個時間。

掛完電話後，打開房裡的氣窗，卻不見夜裡的風，吹散悶在房裡的氣。

杵在窗邊不動的我，見著對街路燈守著夜的枝枒。看不清遠端的夢，外送員的薪資計價調降，虛擬幣交易所也在一夕間宣告破產，打房政策仍像佛地魔，沒有政黨敢直接談論。

文明社會，不過在人吃人前，多了烹調和刀叉，但大多數人卻因此不帶罪惡地吞食著。可此刻的我，在簡單收完餐碗後，也只能倒頭就睡。

又是另個天亮，邁著重複的步伐前往早市，公寓底下的回收桶，堆滿「歡迎委賣、三房物件低總價，稀少釋出」等傳單。門外的街角，也有人舉著新房促銷的廣告牌。我穿過那些奶與蜜之夢，卻沒本錢被他們應許。

助理工作一年一聘，若補助計畫沒過，或辦公室找到更合適的人，我也許就要跟這座城市說再見。沒畫好未來的藍圖，昨晚煮飯的油煙，與洗衣香精正在衣上，融成沉默的異味。

不是特別順鼻，卻也不到臭。日日膠著我身的，那些沒有形體的油煙，又會跟我走到多遠的彼方？活在社會的餘煙，我只能加快腳步，避免其他人聞出我身上最自卑的那面。

在烈日高照的街頭上，或也根本沒人在乎我，那些看房客老早活在另個宇宙。唯有一位發傳單的中年男子，願意理睬我。我認出他是當時的大哥，但他沒認得我，還是頂著陽光，禮貌地發給我一張傳單。我緩慢地收起那張紙，說了聲謝謝。但卻不確定汗流浹背的他有沒有聽見。

換盆

收到南瓜植栽時，我沒想過後來會搬家。

看著三吋盆裡，塞滿十幾株剛發芽的幼苗。原主人說，這放在窗臺旁會是很好看的裝飾品。

那片初生的綠意，沒有持續太久。之後的它們相互拉扯，一頭開始茁壯，另一頭便爬向死亡。過度擁擠地生存著，這些幼苗是否正如研究指出，正以人耳聽不見的高頻尖叫，呼喊自身的苦難。

但聽不見的我只能依靠想像，琢磨耳外的求救與掙扎。

於是買了五吋盆，每三株便分至同個家。它們會活得更好嗎？抱著問題換盆。即便我再怎麼小心，植物在遷徙中，仍會斷去些許根系，遺留部分自己在舊土裡。

一切仍在傷害中徘徊，可換盆後的南瓜，卻陸續結出花苞。看著橙黃的花開，那裡沒多久就會迎來花海，結出纍纍的果實吧！這麼想的我，卻在隔沒幾日，發現盆外盡是落葉與枯苞。而上頭唯一的花，開的原來是希望的玩笑。

上網爬了資料，那情形大概是營養不足。跟著指引，灌溉花肥，修剪多餘的花苞，情況是停止惡化了。但我每日僅能製造新的傷口，換取生命的苟延。擅長園藝的朋友得知我養的南瓜，只搖了搖頭，說它們需要更多陽光及遼闊的生長空間。

把念頭打至陽臺鐵窗上，鋪了一個塑膠板，而後才放上長盆。布置一塊淨土，也像城市予人的承諾。前進，換盆，不斷積累價值與資本。可現實卻充斥漫長的等待。

等待康復的那陣子，我工作的辦公室因故解散，新拿到的工作卻是在另個城市。選擇搬家，每日醒來的例行，皆是於狹小的租處，對各個物品，問著留或不留的問題。然後在傍晚，拎著大包的垃圾袋，把不能再擁有的都棄向垃圾車。

那是場孤獨的告別禮。目送它們隨車離開，那生命的脫落物在少女的祈禱下，替我做最後的城市巡禮。

人潮散去，走在寂靜的巷道裡，失去部分根系的我，腳步也搖搖晃晃的。「我能長出屬於自己的果實嗎？」抱著無盡的疑問，再次回到即將離開的盆底。一切空蕩如新生，曾在這裡的生活，竟在不知不覺中成了未果的夢。

活著的房間

丟棄鐵籠的那天，我以為很快會帶回她。

領著她，走進臺北車站。遊走在迂迴如蟻穴的地道。腳步搖晃，目光正在墜落。越過筆直前進的路人時，我常是感到迷茫，就像我這輩子，始終沒辦法朝著那篤定的一處前行。

站在鐵道上的月臺，人造光昏沉地擁抱我們。

不認識的妹妹，偷偷靠近，說這裡有可愛的兔子。我沒有回應。如同她待在外出籠裡，不吃飼料，不喝水，就只是靜靜地看著外頭。

剛認養她時，我曾擔心她是否適應這樣的長旅。於是在車程途中，我時常從椅上，彎下身，看著座椅下的她，垂著耳朵，把身軀蜷成孤島。

緩慢地抵達著她，一如返鄉夜車，總是難言地遠行著。

而她總在望見我後，變得躁動。伸出的利爪，不斷在籠內發出噪音。我怕吵到其他旅客，也把手伸進籠內，輕輕撫摸她。但一抽離，隨即是激烈地連抓帶咬。

我想寵物應當也有某種分離焦慮，尤其她更是如此。

記得領養她的第一天，送養人帶著破舊的洗衣籃，說那是前主人留給她的家。我把她抱出來，柔軟的皮毛還帶著些許雨水。拿起毛巾，也緊抱她的身軀，卻擦不掉那一身的狼狽。

那是我第一次，如此真切地感受生命的重量。以前曾養過魚，是在夜市撈來的那種金魚。我沒幫牠換過水，偶爾餵養飼料時，也是為了母親的誇獎。那種對動物的不重視，始於一個生命被納入市場裡，成為遊戲的一環。

當網補起魚的那刻，魚變成了廉價的獎賞。裝進水袋，所有傷害都被消融在勝利之下。可是有這番體悟的我，卻是在水缸空去許久，並堆滿塵灰時，才感到遺憾。

沒人知道，她為何被丟棄。

畢竟這世界存在太多意外，而命運又不是人能掌握的。唯獨眼前的她，是真實存在。我拿起吹風機，對著她縮成島嶼的身體，奔馳著吵雜的熱風。一陣，換來另一陣逃亡。

愛有時比起救贖，更趨向未知的野獸。

我抓住她，直至那身軀回到乾涸的文明表層。

一切回到寧靜，可一切卻走向我沒想過的未來。

我不會說，只要懷抱善意，就能不理會善行結出的惡果。只是在那樣的長旅中，為了不打擾乘客，我更常假裝沒看到她受過的委屈，其實一直都很安靜地，躺在那兒。

亦或許，養一隻兔，其實就是在養一道靜謐的傷。

朋友說，養了寵物，就擁有一間活著的房間。

說不管做任何事，都有種隱形的陪伴。那時剛結束一段戀情的我，正渴求著那種情感。只是在領養後，我卻沒意識到生命的複雜，更指向混亂。

在最初的放養裡，我們並不特別親密。渴求陪伴時，她更傾向獨處。但是當我要開始寫報告時，她卻又時常跑到我的腳下，咬著褲管，打斷我好不容易培養的思緒，央求一點關注。

我們，跳著不和諧的雙人舞，每次下班回家，等待我的，更是咬斷的手機線，被尿濕的床單，還有解體的教科書。

一一拾起那些不堪，她躺在遠方，我走向她方。屬於我們的對峙，也經常是夢與現實的不堪。我不明白，這些混亂對她究竟有何意義？正如同我發完脾氣後，我們最終記得的，僅有醒來後的不滿。

有好一陣子，我常在網路搜尋：「人與兔該如何磨合？」

但彼端卻是各種無關的雜音：有貓跟貓的，也有貓跟狗的。無數的排列組合，唯獨缺乏「人和寵物」。

那種缺席總是令我落寞。宛若這世上，除了我以外的每個人，都能很自然地去愛寵物。可不放棄的我，卻曾在那種搜尋裡，看見一位新手媽媽，委屈地說道，幼兒對她的不尊重，是如何傷害她的心。以為網路是燈塔，卻有一派留言，要她忍耐，說小孩懂事後，衝突就會減少。

愛有時是佯裝暴力的說辭。沒有其他辦法的我，最後僅興建了牢籠。把她困在那裡，一切回歸寧靜。在那層鐵欄裡，卻綻著圈養的幸福。

我想，讓房間活著，其實是沉重的負擔。

當我到外頭打工時，室友偶爾會走進房裡，幫忙換水，把飼料倒滿。再拍照，留下一句：她真的是我看過最乖的兔子。

我也想過，生命在被豢養的過程，無意中也施予飼主一種虛榮，是能把生命照顧好，而讓房間活起來的的虛榮。

愛是如此虛幻的一件事。她有時在看見我回來後，會變得異常地躁動。咬著鐵籠，在那方領地裡，跳著快樂的兔子舞。可是當我把手伸進籠中，她卻朝我咬了一口。傷者，往往在無意中也會傷人。這種傷口的循環，到底留給我們什麼呢？

我望著她，她望著我。眼裏對看的彼此，始終是一輩子都無法解開的謎。

＊

拎著她，下車時已近深夜。

零散的乘客，拖著疲憊的身影。我看了籠裡的她，下垂的雙耳不願聽任何安慰。

忙了一整天的母親，通常會站在車站大廳，並在看見我們後，擠出微笑，拿走我手上的部分行李。

上了車，待在她和她之間，我未曾一次打開過這糾結的想法，便回到那逐漸陌生的家。

脫了鞋，放下行李，我分不清乾淨與死寂的差異。在阿公與阿嬤過世後，家裡的牆、天花板，都重新回到了純白。漆的味道早已退去，如同那些壞掉的電器，也被汰換成一組組新的面孔。

看著這些新物，明明應該感到開心的我，卻感覺心裡下起更滂沱的雨。那些細流，走過長年的傷口時，依然使我感到疼痛。但痛不代表不好；痛也不一定要得到回應；但是痛卻是最趨向真實的感覺。

養著痛，自己偶爾會從人慢慢地退化。害怕說出在這家中生長的痛。感覺一旦說出口，就是種不知感恩，狠狠地糟蹋母親辛苦維護的家。

只是這種忍耐，順著身體的裂縫，攀爬出無數芒草。他們隨風，搖曳出朝天的牢籠。我成為關住自己的，活著的房間，將語言與真心，都獻祭給養育我的土地。

生存，死亡，自然的循環，本就自成巨大的惑星。要人跟著運轉，我有時也很難向母親說明，現實也不過是我身以外，更大的一座牢籠。所以沉默，也沒多說剛出社會的自己，為了生存，是住在老舊公寓，做著不知道能撐多久的工作。

我記得，自己曾問過母親，如果工作沒有意義，那該怎麼辦。可電話一頭，卻是回應著「但，那就是工作」。我有好長一陣子，憎恨著這句話。尤其是工作犯錯，被責罵與羞辱時，那句話更是鬼魅，總會從我腦海中跳出，要我好好面對：現實不過是每個月的銷帳，無關乎任何夢想的積累。

那種乾涸，遍布在上個房客留下的床墊上。

心裡感到骯髒，可是那兒卻是唯一能讓我做夢的地方。

我不覺得，她在那種環境，能得到所謂的幸福。

反倒是回到家，躺在玄關的她，傍著窗外透進的陽光，正晾乾所有的傷。

離開時，我沒有跟她說理由，正如每次返鄉的旅程裡，我也未曾向她說清旅行的意義。

流離的命運，本就是一種言語無法抵達的，那吞噬一切的物自身。

我們只是齒輪，恰好會思考的齒輪。難以改變歷史的軌跡，僅以看似提問的結論，保留不可能的可能，想像能接回她的一日。

少即是多。

這是極簡主義的核心意涵，目的或是為了抵抗資本主義，那如野火燒不盡的欲望。使人乾淨，脱離物欲的沼澤。但在少了她的房間裡，乾淨的地面卻成為一面悲傷的鏡子。

倒影是蛇，只是張口，一切都會不停地陷落。感受重量，感受時間的引力，感受地板的溫度，眼前不再紛飛的草屑與白毛，沒有屬於她的髒雪地。

在這之前，我曾想過如果把幫她清掃的時間，裝進空瓶，我是不是能擁有另一片特別的海。豢養更繽紛的魚，也不再是抱著她，漂浮在沒有出路的死湖中。

夢想與責任，究竟是悖論，還是善的謊言。至少對那時的我，就像大霧，只有迷惘是真的。

不知道如何找到一條路。

所以後退，把她退回至童年空掉的魚缸裡。

母親在那之後，曾在通話裡，說她很喜歡待在玄關，迎接她回來。

掛下電話，我倒也想起，自己在多個被傷害的夜裡，看著從籠中重獲自由的她，在晃了幾圈後，靜靜地跑到電腦桌下。咬我的褲管，然後輕輕舔了幾下，彷彿安慰。

同樣養兔子的朋友說，他／她們其實是一群很有靈性的生命。我一開始沒多想，只是在很後來，才在偶然間看見網友分享：「兔子咬電線的天性，是想清除植物根系，以防巢穴的崩塌。」

或許，在那些撰寫論文的時日。她眼裡所望的，是那些電線把我困進愁煩的結城裡。但那種愛太過安靜，於是兔沒能像狗與貓，成為太大的派系。

我覺得那也無所謂。就是那種低調，才更使我感受到，愛其實是一件很脆弱的事。付出，會想要回報，但卻不一定能得到。那種隱藏起來的要與不要，也隱藏著競爭。要成為感情裡的上位，還是供養他者的下位？那種容易浮出的位階，一直都是平等的艱澀。

有得必有失。

我也是在送走她後，才發現獨處的房間，變成了真正的牢。少了她，跳上跳下的探索，也不再有書本或衣服，被挪到床底下，被蓋成新的祕密基地。只能面對自己的房間，那些圍繞著我的秩序，始終是一道道的鐵欄。

所有不曾離開過的傷痛，正用力地告訴我活著的滋味。

可是我無法擁有她。

當現實處於貧瘠，我們光是呼吸就耗盡了全力。乾糧與乾草，那些給予都貧乏得像是沙漠。沒有太多滋養，受傷的人，有一天也會拿起傷人的刀，創造悲傷的循環。

接收她的母親，在電話裡，經常說她的過敏不斷復發著。我們都沒說破，那其實是她換季掉毛所造成的結果。就如同，我在她搬離後，擁有健康的身體，卻感到更深的落寞。

我想，這就是生命最為繁複的地方。好與壞，乾淨與淩亂，都未曾徹底分開過。可人一旦陷入習慣，那些壞的部分卻會化成火山，噴發吞沒一切的熔漿。

豢養一隻兔，是這麼讓人心碎的一件事。

可是在養之前，怎麼都沒人認真地說過，那些關於養育的困難呢？或許，這世界上，鮮少有飼主會願意自己承認，若把寵物視為平等的生命，我們又是如何苛刻的上位者。

也或許，在能給予真正的愛之前，我們都只是練習生。只能盡力不讓現實的貧困流轉成另一道的疤。我想這是困難的。也光是不讓這件事發生，愛便被迫缺席。徒留的空洞，棄養著碎掉的心。

最後一次見到她時，是在兔年的過年。

那時的我，想著工作再穩定一點，就能接她回去一起生活。在那次年假中，我有大半時間，都陪她待在客廳。幫她按摩頭部，看著她舒服地閉上眼。活著的房間，其實是我心裡已有一部分成為她的棲地。

一些我以為不會好的傷，都是在與她的相處與摩擦裡，淡化為成長必經的腳印。只是在我回去的隔天，母親來電，說她急症病發。醫生建議要安樂死，可我們還來不及決定。她便一如以往的低調，自行離開這個世間。

我沒有送她最後一程。在公司忙著瑣事時，也曾把螢幕的字句，錯看成她皮毛上的斑紋。那種錯過，就像是我小時候，也是在某日發現魚缸空去後，才意識到，死亡早已被母親一人承擔掉了。

我總是那樣後知後覺的人。

所以呼喊著那些疼痛時，也有種恐懼，是害怕自己會不會根本搞不清狀況，就是如此自然地，把「我」放進受害者的位置，而輕易地把他者簡化成代表邪惡的加害者。

這種體悟，隨著她離開的時間，也時淡時濃。有幾個清晨，我偶爾會夢見與她到去過的公園。直至清醒，才落寞地坐在床尾，想起她早已離世的事實。

但最痛的，卻不只是我。我記得，母親在她離世的那日，在電話一頭，依然造著海。想像的潮聲，淹沒所有情緒。我不知道該給出什麼樣的安慰。就只是沉默，任憑一切都成為不會復返的瓶中信。

「我們不要再養任何動物了。」

母親最後留下的這句話，被我放在心裡。那處活著的房間，多了一間隔層，並且深鎖。好讓我繼續在工作與生活中，尋找意義的出處。只是偶爾，我會在網路上，看到一樣有著長耳與褐斑的米克兔後，那扇門，才會微微地鬆開。

她在腦海奔騰的模樣，復返曾被抓傷的痛。只是反覆幾次後，那痛倒淡成平靜的的酸澀。像一杯摻了太多水的檸檬汁，我啜飲著，始終沒能抵抗身體的遺忘。

她會原諒這樣的我嗎？我不知道。所以在某次返鄉裡，我曾來到舊家附近的空地。依循母親說過的指示，在雜草叢裡，呼吸，想像她最後長眠的模樣，卻始終找不到那條通往她的道路。

在準備回家前，一只黑色的八哥，忽然停在我面前。與牠對視，在那黃色的瞳膜裡，沒有任何提示。該前進，還是後退？生命一如往常的複雜。站在原處，我佯裝成一棵不懂得悲傷的樹。

樹洞裡，黑鳥試著教我，行走其實是飛翔的讓渡。

我靜默地遙望遠方。

可在那朦朧的棲地裡，她的展翅，卻不再涉及任何提問。

歉的寫法是不斷造林

我不當孝子很久了。

故事最早能追究到舅舅離開他的家人，到壽豐接手一塊黃金果田。我們家的人說他改過自新，所以把阿嬤留下的遺產，全部用來資助他的新事業。

我質疑。但他們說，永遠要給別人一次重來的機會。這句話是魔咒，是鏡子，或一雙讓人跑得更遠的鞋子。觀望它，穿上它，沒多久，我竟成了夸父，在奔跑中恨起了太陽。

可矛盾的是，我還是父的一種。為了找到解決辦法，我點開 Line 的通訊錄，滑過男性，不熟的女性，最後才決定再次打給我媽。

電話響了一會兒，但媽卻在接通後說道：「我現在正忙著接生。」

我說不能暫停一下，把他隨便重新塞回子宮之類的地方嗎。她沉默，我落寞。而落寞是種子，最開始沒人在意，最後卻無意地長成一片只有自己看得見的傷心森林。

如果你問我，為什麼是森林。

那我會告訴你，這世界上沒什麼地方，比森林還更適合安放自己。如果是沙漠，沙塵終會將一切拾入底層；如果是海，無光的深處又太過絕望；只有森林，祂懷抱萬物，綿延出的樹蔭與草叢，提供相愛與廝殺的舞臺。

為了存活，林中生物走過彼此身體，留下密密麻麻的傷口。但不用太過擔心，人也是那種必須透過另一人的傷口，才得以降生的生物。所以，我還想跟你說一個祕密。

那是關於嬰孩在女人體內，祕密沿著臍帶移轉的祕密。

最初，我不太確定那是否只是幻想。可是當阿嬤死後，她被舅舅一家人，責罵為何放棄急救。在默默地吞下不孝的謾罵，於喪禮揚起和諧之幕後，她才在夜裡，緩慢地吐出那些過不去的哀怨。

我原本空曠的胸口，淌著那些無法消散的憤恨。心上的地殼變動，一座火山悄然成形。岩漿，地鳴，太多的燃燒奔騰出焦黑的夢。為了好好生活，我將夢覆寫在電子稿面。一字一句的行走，看起來太像掙扎。但停不下來，在指尖碰著鍵盤的瞬間，一條隱形的臍帶正孕育另一個他。

直至成形，直至他終於離開我，來到獨自生存的遠方。我卻在幾次見面中，發現那面孔，早已陌生得像是謊言。或許是修辭，或許是腔調，也或許是那經驗，從來不屬於我。

他站著，陷入地平線的腳，成為隱入的匍匐莖，攀爬出更多嚮往爭鬥的新生命。那是他的兄弟，帶著相同的恨，吸收我給予的理論，鑽入這個家為舅舅興起的聖像。創造裂縫，拆除父權違建，試著讓地空曠，神才有機會說話。

造物者，從憐憫的夢中清醒。如果現實從來都存在批評的空隙。那我為何不能說真話呢？

沉默，無盡的沉默。瞳孔存有的恨意，曾是我的，也曾不是我的。那些不斷流轉的祕密，升成太陽。直視著他，我忍著痛意，卻找不到他們曾活在我體內的痕跡。

這是值得寂寞的一件事嗎？

我把它寫進筆記本，裡頭滿是草寫的疑問。就像捕夢網，如果有風，絲網便搖擺著欲望。渴望吞掉更多抽象的字句，餵養那除了肉體以外，沒人能真正看清的自己。在這時代裡，身分與標籤，同樹梢的綠葉，都沐浴著過曝的陽光。莖幹緩慢生長，偶爾的搖擺，浮游出主體的影子。

那是種抵抗，是對不斷膨脹的現代，扔一顆小我的石頭。但還要多久，人才能明白，我們永遠不可能在巨獸死後，長回繁複的肉身？

那像是煙火的問題，伴隨石頭落下，其中磨出的擦痕，是否也輕問著：一個人究竟要如何在標籤如繁花盛開的時代，活成自己？

生命終將是不斷地岔開。

我想起那株陪伴我多年，最終卻送給她的鹿角蕨。不是因為它有像歧路的葉面，更多的是那不從芽點，離題般岔出的側芽。

剖開，將新芽綁向木板，原有的母株卻愈來愈虛弱。一片橫向生長的森林，蔓延在我離開她後的生活。

我不知道那是好是壞？

可是有天，我在網路滑到我家的照片。發文者附註著：「鎮上幾處有特色的景點。」點了讚，於再次回家後，卻看著那母株的手與腳，即便已失去光澤，仍努力長著側芽。

我繞過那些傷口。

她們的背影遊蕩著離遠的港口。我站著，假裝什麼都沒看到。那種無視，暗示我從未能好好理解，生命的延續與循環，究竟是值得尊重的禮讚，亦只是族群自私的渴求。

岔開的生命，無數條離遠的道路。我記得年幼的自己，不但沒想過離開，還很恐懼離開。可是有一天，我竟然就像嬰兒學步般，如此自然地啟程了。走在自己的路程，有時陷入泥沼，有時漂浮空中，有時我會感到恐懼，自己為何就這樣接受這一切發生。時間從未給我解答，但那也都無妨於我與媽的路途，只有疏遠，不會有太多交疊。

我感到抱歉，所以書寫抱歉。最難的部分，在於歉有太多筆畫。當橫與豎與斜線，於來回交錯時，就像是種下一棵木。那反覆的書寫，更是不斷地造林。

巧的是，當我寫到這裡，話題又兜回了森林。我想說的是，其實一開始森林的隱喻，是我為了讓話題合理地前進，所掰出的謊言。可是現實不往往亦是如此嗎？

如同媽被傷害的故事，還有綿延的後續。

為了悼念媽受過的傷口，我決定書寫，因此需要釐清更多細節。

當我實際打給了她，可是電話那頭卻篤定地說道：「那時從來沒有人說過那樣的話。」

記憶是如此地不可靠。

祂沿著現實，兀自地將缺席溶成高冷的冥河。穿著鞋，所有水花都是我無法輕易踏過的艱澀。僅有手上，那一疊事後紀錄。每一字，都成為一個結。結的恨與怨，曾都代表真實。

可如今，一切都被她輕易地取消。那些字句僅成為符號對符號自身的指涉：我是我，我僅能是我，意義的銜尾蛇，無法向外的指環，也無法從指頭脫下。

掛下電話後，那片被人讚許的她的森林，莫名地又浮上我的頁面。滑掉它，就像她選擇滑掉那些傷害。這大概是這則故事，最矛盾的地方，我跟媽都無法確認它的真偽，可是各自的敘事仍然持續發展。

＊

我不當孝子很久了。

所以故事最早其實是在她的原諒之後，寬容的遺忘如此輕易殺死我的幼苗。一切終將回歸稿面的空白。可是那片林地依然存在，就像是異次元的狹縫。

你有聽過曼德拉效應嗎？一群人與另一群人對同件事，卻有完全不同的記憶。就像我曾記得的皮卡丘，尾巴末端是黑色的，但真實卻是黃色的。奇怪的是，現實也有另一群人如此記得著。

網友說，這是處於平行時空的一群人，在不知覺中越度到另一個時空。那我呢？懷抱她的恨意，而生出的森林，卻在這解釋中，成為無法證明自身存在的科幻玩笑。

那才是真正值得寂寞的一件事吧。

落寞的我，撫摸樹梢淌著的歉意，一面聽著她在電話裡的繼續說話。

「但我已經借出幾十萬，幫忙投資我哥哥的新事業了。」

一個年過半百的男人，如何在喪母之後，還不願斷開臍帶。依靠自己的姊妹餵養，成為快樂的老巨嬰。我無法多做太多評論。原諒有時候，是如此殘忍的一件事。祂試圖取消相關的仇恨，不問彌補，只是想要一塊讓萬物繼續生長的空地。

也曾有過那樣一個過年，家裡的紅都來自咆哮過的傷口。眾人上桌，眼前不斷旋轉的菜餚，重複當年發生的瑣事。阿姨說，有看過我的作品，但不懂，我為何要把家裡的事情消費成報導。

「但如果只是說實話，你就覺得我在冒犯他，那有問題的不會是我。」心裡懷著這句話，可實際是我沒吃完手上的飯，便悄然地離開圓桌。

沒有太過戲劇性的摔碗或盤。日後，也沒人再提那些散落的文字。它們宛若不存在，而現實，卻是那些像種子的字，早已長成誰也無法輕易燒毀的林地。被上傳到雲端，那些飛翔的蒲公英棉絮，又在多遠的遠方，繁衍出怎樣的面容。

直至最近，當我重新走入那曾是我的這片森林。看著樹陰下的媽與阿嬤，長年以來都圍繞著舅舅，處理他犯下的麻煩，心裡卻有種我難以看懂的滿足。

家是那樣一種邪教，不批判他犯過的罪，只是說他會好的，他始終會好的，因為他本來就是好的。那種相信，獻祭了整個家族。掛在高處的時鐘，時針，分針，秒針，都成了他那為了繁衍的陽具。

我想從那樣的鐘裡逃脫。那曾經的書寫，也只是朝那頭，扔一顆石頭，試圖救出自己。

林地後來沾滿他的鮮血，我卻從未走向真正的救贖。

那些文字的扔擲，背地不僅隱匿傷害，還是合理化傷害的戲法。源頭是恨，是復仇；但復仇不代表我渴求加害者，承受更多的痛與傷。那些承受恰恰僅是種媒介，是我希望藉由傷口，讓他們能真實「同理」我所有過的痛。

說到這，我又開始迷惘了。如果這是我種下文字的初衷，那所有的技法與思考，是不是也僅是為了同理的傷害，好延伸出的把戲。最終，我留下鮮紅的腳印，還有如歉意的種子，不斷徒生新的林地。

我凝視祂，沉默與靜謐，豢養溫柔的野獸。在那樣的年後，我曾多次聽媽媽，淡淡地提到哪位親友，有向她借閱我發表過的作品。

沒有再多的然後，她留下的空白，是神，也是另一顆種子。

好久以後，吸收大量時光的祂，冒出疲憊的芽。昏黃的葉面，淌著走遠的遺憾。我忽然感覺自己與舅舅，別無兩樣。總是享受身為父的特權，無視她在我們背地，擋下多少批評，總自顧自地安穩生活。

可是我還想說，自己的文字，也不完全是傷害。那有部分，是真的想說道她是多麼可憐，同時也是多麼偉大的女性。只是現實：善意與惡意，謊言與真實，歉意與傷害，混雜著眼，耳，口，鼻，舌，與讓渡的心，一切都在字裡縫合出錯像的森林。

敘事雜生著混亂，如我不斷提及的森林，最底的內核其實是我想寫出，在我出生之際，阿公還任職於林務局，那片與我靠近的森林，曾經充滿著單純的愛與和諧。

可是我做不到。那種失敗，就像是我卑微地希冀她能否停止接生，然而她的沉默卻指涉著：那種希望本身就是種傷害。

我不知道，所謂的現代或文明，能否輕易地否認另一個人生存的價值。以前我認為可以，但年齡愈大，愈覺得這無疑是種趨向極權的單向道。作為相對的懲罰，我是在電話掛掉以前，聽她開心地說自己有空也會去那果林裡，替他採收作物，也煩惱他不懂得把成果變現，要我也幫忙想想辦法。

我說那為什麼他不找自己的兒子幫忙。

故事再度陷入短暫的停頓，隨後又是一陣爭吵。我記得，她在結尾說著：「但是你了解的僅僅是片面的他，這種批評難道是真的公平嗎？」

不當孝子許久的我，在那片歉意的森林裡，不小心笑了出來。我想我終究搞不懂的是，為什麼有人可以精明得這麼不均勻。

後記

正式完成這本書時，我已經三十歲了。

在那之前，我有些焦慮。問了身邊過那年紀的朋友，得到的回覆幾乎都是「生活沒有太大的改變」。年齡，切割時間的幻術。我卻在那之後，感覺三十其實是卡在喉頭的魚刺。

不見血的時候，很輕，像什麼都沒發生過。就任憑酒精，歡笑，越過舌頭的長廊。盡頭沒有綠洲，當乾涸與寂靜成為同一件事，腦中徘徊的依然是那句「我為什麼都這年紀了，還一事無成」。

我想說痛，但說了就是矯情。畢竟手裡握的太多，流淚與否，都將是困住自身的新人設。

他們說，寫散文要放進真心。剛寫作時，我經常把一切攤於紙面。可在經歷比賽失利後，那最悲傷的，莫過於我連自己都賠了進去。

散文是如此殘酷的文體。當自身飄蕩成文字，無論喜歡或討厭，他們直指的都是如霧般的作者本身。

這些日子裡，我未嘗不是超過數次，想放棄這樣的寫作。但每次有逃離的念頭，總是有我意想不到的回音。我記得，第一次發表時，有不認識的網友，特地傳訊息來表達他對文章的喜歡。

然而，當我寫得有些樣子時，那種陌生的鼓勵，卻不復存在。我想，寫作應當也有所謂的魔幻時刻：發表的時候，得獎的時候，被喜歡的時候……這些即逝的瞬間，積累出做夢的塔。

我相信命運有神，因為我一直都是懦弱的人。

害怕太坦露自己，害怕經驗不夠特別，害怕觀點缺乏批判性，也還有種害怕，是坦露自己寫散文後，但換來的是一個曖昧的眼神。

寫散文的人，或多或少都背負一種先天的污名：被認為該文類只有坦露與真誠，卻始終缺乏技巧。而談到技巧，那經常是指向「小說」所擁有的書寫，是種顯性的建築術。

若回歸散文，我認為其重要的是：該如何修復自身生命經驗。

像是考古，將身體當成地層，挖掘，寫字，重拾破碎的記憶。堆疊，擺放，那散亂的模樣，有時是自己才懂的動線。我喜歡這種曖昧的模樣，就像霧裡看花。那滋潤花的養分，最終源於關乎己身的「真摯」與「在場」。

我所經歷的一切，如何能吸引別人停留；又或者在那散亂的字裡，一眼就讓有相同經驗的過客，找到他的影子。

在多年前的散文課裡，我曾寫過一篇極不成熟的作品。它像是收集冊，隨意地拼貼我曾受過的傷；然而，卻還是有同學找出我在不斷試錯的背後，藏的是渴望被認同的心。

那也是我很珍藏的魔幻時刻。

明明僅僅是一道毫不起眼的傷，卻依然有人認真回應著。

我想散文真正的勇敢，不是在於全然的坦露，反而是以對自己與作品的認識為地基，所展開的否定姿態。拒絕明朗的結構，拒絕造作的意象，拒絕任何討好他者的一切。但弔詭的是，在眾多的拒絕後頭，卻隱隱作現著另一條能被接納的歧路。

走上它，像重新穿上曾經的自己。這是散文吸引我的另一特點。處於現代社會的主體是複雜的，一個人同一個社會，被分工切割成無數碎片：寫作的我，工作的我，烹飪的我，健身的我。

倘若把自我想像成房間，有時光是融進不同團體，房裡的家具、擺設，便失去重量，而隨著他人的話語漂浮，找不到能安放自己的位置。

我想像的時間，其實也只是從一群人漂流到另一群人的過程。家、學校、職場，那些空間隱匿著時間。不是時時刻刻注意著自己腳下的人，也鮮少發現位置的偏移，無時無刻都在發生。

「做自己」是如此弔詭的一件事。在許多論寫作的會場，每當有人給出的意見是「創作應該要多做『自己』」。我始終感覺那就像是在詢問午餐想吃什麼，但得到的卻僅僅為「我要吃好吃的」。

「做自己」是如此模糊的意思。若把重心放在「做」上，直指自己是被做出來的。那可能源自階級、種族、國族或者性別。且無論如何行動，自己仍是在消耗瞬間，隨即被填補的循環。在這樣的「做」裡，彷彿亦預設著自我始終是被建構的，而不具有真實的本質。

可是，一個對散文有相對認識與理解的作家，往往可以在這種限制中，依循在場的無數記得，挑選片段，定錨出當下最為真摯的自己。安排的動線，刪減的技巧，一切都在「我」的曖昧裡，被合理地安排著。

施養著否定的陰影，《歉木林》的「歉」得以游移在各個篇章之中。裡頭偶爾也有稍微多修辭的作品，如〈夜知道〉。其技巧的使用，表面是為了文學性，但內裡其實是當時的我，對寫作極其沒有自信。從這點來看，又能發現：對自我的匱乏，多是一種向外的渴求，是透過技巧，找到一種把話說完的借貸。

其餘作品或許也能依照這種邏輯，在不同分輯與篇章中，找出我對「自己」的理解還能有何差異。如此來看，閱讀散文好像也是一種關於「我」的找碴遊戲。

屬於這本書的「我」們，則從二〇一五年分布至二〇二四年，裡頭有第一次寫散文的自己——〈養兔〉，到闔上本書的棺材板——〈歉的寫法是不斷造林〉，以後設手法作為謝幕：釐清散文、真實、記憶與（不僅是寫作上的）倫理，在彼此串連的關係上，永遠都存在著無法等值交換的可能性。

走出多年的林地，我還想說的是，能夠植栽出這片歉木林，除了上述的魔幻時刻，家人與朋友的支持，也都是支撐我繼續書寫的地基。

感謝文化部提供補助，讓我能完成本書；感謝編輯偉傑與編輯冠龍，在編務上提供重要的意見與支持；感謝臺東生活美學館舉辦的後山新人獎，讓這部作品能被更多人看見；感謝楊翠老師與向陽老師在新人獎中的指教與支持；感謝願意幫忙推薦的梓評老師、馬欣老師、翟翱老師、亞妮學姊、崎雲作家、筱涵作家與馭博作家；感謝宇文正老師在我初次參加東海文學獎時，在一片稿海中發現我，並且幫我寫了如此動容的推薦序；感謝叔夏老師從碩士班的論文與創作上的指導，那些教誨如今仍是我生命重要的燈塔；謝謝志成老師，從大學時期的大專生國科會計畫起，一路給我理論知識、論文寫作的諸多指教，此外也還有許多生活與寫作上的鼓勵，更支撐我持續地創作；感謝閔淳學姊，偶爾的小聚與作品討論，都帶給我無數的溫暖與動力；感謝鴻祐學長aka行銷與麻吉葛格，長年的作品建議與幹話陪伴，都支撐我走過諸多艱難的時刻；感謝在創作路途中相遇的所有文學好夥伴；感謝冠甫，總是能提供精準的建議，讓我看見自己在做人做事上的盲點；感謝笑哥，這些年來的精神支持。感謝在許多時刻陪伴我的諸多朋友，因為篇幅也無法一一列名。

最後，這些年能持續創作，除了母親一直以來的支持，也還包括她放棄人生的諸多可能，將資源供我讀書思考，才得以完成這本書。

我由衷地感謝她，也將這本書獻給她。

新火 12

歁木林

作　　者｜曾稔育

副 社 長｜陳瀅如　　總 編 輯｜戴偉傑
責任編輯｜戴偉傑　　行銷企畫｜陳雅雯、趙鴻祐
封面設計、內頁排版｜IAT-HUÂN TIUNN
印　　刷｜前進彩藝有限公司

出　　版｜木馬文化事業股份有限公司
發　　行｜遠足文化事業股份有限公司（讀書共和國出版集團）
地　　址｜231023 新北市新店區民權路 108 之 4 號 8 樓
電　　話｜02-2218-1417　　傳　　真｜02-2218-0727
客服信箱｜service@bookrep.com.tw
客服專線｜0800-221-029
郵撥帳號｜19588272 木馬文化事業股份有限公司
法律顧問｜華洋法律事務所　蘇文生律師

初版一刷｜2025 年 1 月
定　　價｜NT$380
I S B N｜9786263147935（紙本）、9786263147867（EPUB）

本書獲 111 年文化部青年創作獎勵
本書為「113 年後山年度新人獎」得獎作品

國家圖書館出版品預行編目 (CIP) 資料

歁木林 / 曾稔育著 . -- 初版 . -- 新北市 : 木馬文化事業股份有限公司出版 :
遠足文化事業股份有限公司發行 , 2025.01　　256 面；　14.8 × 21 公分
ISBN 978-626-314-793-5(平裝)　　863.55　　113020107